AF388339

Wenn ich ihn nicht hätte…

Kapitel 1

Wo kann er sein? Seit 10 Minuten laufe ich planlos durch das Feld und habe keinen blassen Schimmer, wo er sein könnte. Ich muss mir mehr Mühe geben, so schwer kann es doch nicht sein.

Wenn ich die ganzen reifen Pfirsich-Bäume sehe, bekomme ich Hunger. Vielleicht mache ich heute Abend noch frischen Pfirsichkompott oder ich lese endlich mal mein neues Buch zu Ende, wenn er schläft. Sonst komme ich gar nicht mehr dazu.

Hätte man mir vor sechs Jahren gesagt, dass ich heute auf einer kleinen Pfirsich-Farm in Australien arbeiten und in einer kleinen Hütte am Feldrand wohnen werde, hätte ich hunderte von Dollar verwettet, dass das glatt gelogen ist. Na ja, aber hier bin ich. In Australien auf einer Pfirsich-Farm und suche ihn. Wenn man nicht auf die Zeit achtet, verfliegt sie immer so schnell.

16:47 Uhr. Mist, nicht dass der Auflauf im Ofen verbrennt.

Wo zur Hölle ist er bloß?

Ich pflücke mir auf der Suche noch schnell einen Pfirsich und beiße voller Freude rein. Saftig, süß und bisschen warm von der Sonne. Ein Pfirsich reicht aber nicht aus, um meinen Hunger zu stillen.

„Was machst du da?" Ich lasse vor Schreck meinen leckeren Pfirsich fallen.

„Isst du etwa schon? Hast du den Auflauf schon vergessen? Man, und ich halte mich die ganze Zeit zurück und hungere. Du hast ganz schön lange gebraucht, wo warst du? Na ja, egal, los jetzt, auf zur Hütte. Ich habe Riesenhunger."

Ich fasse es nicht. Ich suche ihn seit zwölf Minuten und ICH werde angemeckert, dass ER Hunger hat. Typisch. Aber genau das liebe ich so sehr an ihm. Er ist einfach besonders. Er sorgt dafür, dass ich jeden Tag mit Freude leben kann und nicht an die schlimmste Zeit meines Lebens zurückdenken muss, obwohl ich leider zu oft an diese Zeit zurückdenke. Es verfolgt mich hauptsächlich in meinen Träumen oder wenn ich allein bin. Ich muss anscheinend auch absichtlich an diese Zeit denken, hat mein Psychiater gesagt.

„Frau Johnson, es ist völlig in Ordnung an diese Zeit zurückzudenken und es ist auch sehr wichtig für ihre Genesung. Verbieten sie nicht ihrem Kopf an negative Ereignisse zu denken. Lassen sie sich Zeit. Sowas kann mehrere Jahre dauern." So oder so ähnlich bekomme ich es jede Woche zu hören. Trotzdem möchte ich nicht mehr so oft daran denken müssen. Aber wie bringt man einem Menschen so etwas bei? Wie lernt man etwas zu vergessen oder zu verdrängen, was dich dein ganzes Leben lang leiden lässt? Den Schmerz spüre ich immer noch genau wie damals. Auch wenn der Kopf es verdrängt, zieht sich der Körper mehrmals am Tag vor Schmerz zusammen. Und das nach Jahren noch. Ich glaube das wird für immer so bleiben.

Ich schaue auf und sehe ihn schon ungeduldig an der Hüttentür stehen. Ich muss mich beeilen, sonst verbrennt gleich noch die schöne Hütte bei unserem Versuch einen Auflauf zu backen. Ich bin nicht die beste Köchin. Mein knurrender Magen dankt mir, wenn ich endlich Nahrung zu mir nehme. Egal wie sie schmeckt.

Acht Jahre zuvor…

Kapitel 2

„Joleen. Joleeeeeen. Wach endlich auf."

„Neee, noch fünf Minuten. Bitte, Nora. Ich konnte gestern nicht einschlafen und war mega lange wach." „Ja, ich sehe es. Seit wann steht dein Bett hier?" Ich kenne diesen Blick von Nora. Wütend, enttäuscht und besorgt.

„Ich wollte mal was Neues und dachte, wenn das Bett neu steht, kann ich besser schlafen und siehe da, ich konnte schlafen."

Ich hoffe Nora lässt nach und geht endlich. Auch wenn sie nur das Beste für mich will, nervt es mich immer eine Rechtfertigung parat zu haben.

Als ich mit meiner besten Freundin in eine
WG gezogen bin, dachte ich, es wird eine
aufregende, lustige Zeit voller Partys und
Spaß. Irgendwie kam diese Zeit nie.
Stattdessen hat Nora schnell gemerkt, dass
anscheinend was mit meiner Psyche nicht in
Ordnung ist und wollte seitdem mein
Therapeut sein und war wegen jeder
Kleinigkeit besorgt und anhänglich. Partys und
Alkohol empfand sie für keine gute Idee und
somit waren wir nur daheim. Eigentlich genau
das, was ich liebe. Nur daheim sein und nichts
tun. Es war auch ganz lustig mit ihr. Sie ist mir
sehr ans Herz gewachsen.
Vielleicht hatte sie bei dem Thema gar nicht so
unrecht und ich habe es erst richtig
wahrgenommen, nachdem sie mir ihre
Gedanken geäußert hat, aber ich bin 25 Jahre
alt und bekomme es wohl selbst geregelt,
oder? Und wenn nicht, dann soll es wohl so
sein.

„Bitte Joleen, steh auf und geh zur Arbeit. Du brauchst das Geld und die Ablenkung!“, sagt sie mir vorwurfsvoll.

Wow, sie nennt Regale im Supermarkt einräumen wirklich „Ablenkung“. So habe ich es noch nie betrachtet.

„Ist ja gut Nora du hast ja recht. Ich stehe auf.“ Jetzt kann ich eh nicht mehr weiterschlafen, nachdem mir wieder ein schlechtes Gewissen eingeredet wurde. „Ich gehe schnell ins Bad und dusche, dann können wir zusammen frühstücken, Deal?“ „Deal!“, sagt Nora nicht sehr überzeugt und geht endlich aus meinem Zimmer.

Es ist jedes mal eine Qual morgens zu duschen, aber das Gefühl danach ist unschlagbar.

„Hast du dich beruhigt?“, frage ich Nora und bereue diese Frage direkt, als ich ihren Blick sehe. „Ich mich beruhigt?“, fragt sie mich und reißt die Augen auf. Oh nein, vielleicht hätte ich sie anders in der Küche begrüßen sollen. Bitte keine Standpauke.

„Ja, war nicht so gemeint, Nora. Das weißt du." Keine andere Freundin würde sich jemals so viel Mühe machen, dass ich mit meinem Leben klarkomme. Schon schlimm genug, dass Nora mehr an meinem Leben hängt als ich. Wo nimmt die nur die Geduld her?

„Also, Joleen. Ich muss mit dir reden." Nicht schon wieder, denke ich mir und versuche den Augenkontakt zu vermeiden. Vielleicht hört sie dann auf zu reden.

„Ich habe lange überlegt und mir fällt es sehr schwer es dir zu sagen."

Komisch, normalerweise geht der Satz anders weiter.

„Joleen, ich ziehe mit Leon zusammen."

Stille.

Nora schluckt.

Das kam unerwartet.

„Wir haben das schon länger geplant und uns dazu entschieden, es endlich zu tun. Weißt du, WG-Leben ist nicht für immer. Du musst auch irgendwann auf deinen eigenen Beinen stehen und vielleicht jemanden kennenlernen. Wir werden jeden Tag älter und das muss man genießen. Du gibst keinem Typen nur eine Chance und bringst auch nie Jungs mit nach Hause. Vielleicht ist es deine Chance, wenn du allein wohnst", Nora atmet lange aus.

Was soll das denn heißen? Ist es so schlimm, dass ich Single bin?

„Ich habe Angst, dass du sauer auf mich bist oder dich im Stich gelassen fühlst. Du weißt, wie sehr du mir ans Herz gewachsen bist, aber das Leben ändert sich und muss weiter gehen. Was sagst du dazu, Joleen?"

Gute Frage. Was sage ich dazu? Am liebsten würde ich für immer hier in der WG wohnen und so gut es geht Abstand zu fremden Menschen halten und nie in eine Situation

kommen, in der ich Männer kennenlernen
muss, damit ich nicht allein bin. Vielleicht will
ich auch alleine sein?

„Ja, eh, also ich freue mich für dich, obwohl
ich das nicht erwartet habe."

Lüge.

„Du brauchst dir keine Sorgen zu machen
Nora. Ich schaffe das schon und du hast ja ein
eigenes Leben." Doppel Lüge.

„Wo wollt ihr denn hinziehen? Habt ihr schon
was gefunden?"

„Ja also Joleen, wir wollen auswandern. Nach
Frankreich. Zu Leons Familie. Die haben dort
schon eine Wohnung für uns besorgt und ich
könnte im Laden von seiner Mama arbeiten.
Es ist schon alles geplant." Sind hier irgendwo
versteckte Kameras? Ich kann das nicht
glauben. Mit Leon nach Frankreich.

Mit Leon.

Nach Frankreich.

„Wow Nora, wie großartig. Ich freue mich für dich. Wann gehts denn los?", frage ich und will die Antwort eigentlich gar nicht hören.„In einer Woche."

In einer Woche. Eine Woche noch. Sieben Tage. 168 Stunden.

„Es ist sehr kurzfristig, ich weiß und du stehst plötzlich allein da, aber um Geld brauchst du dir keine Gedanken machen. Meinen Teil der Miete habe ich für den Rest des Jahres schon bezahlt. Du hast also noch Zeit etwas Neues zu finden, was Kleineres und Günstigeres."

Ich kann das nicht glauben. Das scheint lange geplant worden zu sein.

„Ich bin aber immer für dich da Joleen. Immer." Damit verließ Nora den Raum und ließ mich mit dem Frühstück und meinen Gedanken zurück.

Eine Woche später war es so weit und die letzten Sachen wurden von der Umzugsfirma mitgenommen. Der Abschied von Nora war kurz und schmerzlos. Was sehr unerwartet war. Auch wenn es mir schwerfällt, ich kann sie nicht festhalten. Sie hat ein eigenes Leben und ich auch und ich muss endlich anfangen, mich zusammenzureißen und etwas aus mir zu machen. Ich freue mich für Nora. Ich freue mich wirklich sehr. Sie hat das verdient und ich brauche niemanden, der mir hilft zu leben. Ich bin erwachsen und alt genug.

Aber wie stelle ich das nur an?

Kapitel 3

Es sind ein paar Wochen vergangen und ich weiß nicht, was ich mit mir anfangen soll. Ich fühle mich allein. Damals, als ich von zu Hause weggelaufen bin, habe ich mir gesagt, dass ich nie wieder dieses Gefühl verspüren werde, um mir Mut zu machen. Und siehe da, das Gefühl ist zurück. Ein scheiß Gefühl. Einsamkeit.
Ich liege stumm im Bett und starre gegen die Decke. Tausend Gedanken kommen mir in den Kopf. Tausend schlechte Gedanken. Warum bin ich so?

Es gibt Phasen, in denen ich mich einfach verloren fühle. Die Angst, die mich täglich begleitet, zerfrisst mich innerlich. Die Angst vor Allem. Die Angst vor dem Leben. Die Angst, anderen nicht zu gefallen. Mir selbst nicht zu gefallen. Ich hasse es, dass ich so bin, und ich hasse jeden einzelnen Tag mit mir selbst. Ich frage mich jedes Mal, ob ich diese Krankheit jemals wahrgenommen hätte, hätte Nora sie nicht angesprochen. „Joleen sag mal, irgendwas stimmt nicht mit dir. Du bist ständig krank und du fängst in den normalsten Situationen an zu zittern oder dir deine Nägel in die Haut zu rammen. Glaubst du, ich habe das nicht gemerkt?"
Nein Nora, ich hätte nie gedacht, dass es jemals eine Person merkt. Ehrlich nicht. Also ich habe es zumindest gehofft, dass es keiner merkt. Somit war und ist Nora die einzige Person, die weiß, dass ich Angststörungen

habe. Angststörungen, die mich einengen. Die mein Leben nicht mehr lebenswert machen. Vor die Tür treten sorgt in mir für eine Unruhe, die dazu führt, dass ich am Ende des Tages blutige Fingerkuppen habe, weil ich sie mir unbemerkt aufkratze. Mich stressen normale Alltagsaufgaben. Alltagsaufgaben, bei denen ich anderen Menschen über den Weg laufen muss.

Ich kann mir nicht erklären, was der Auslöser war oder wann das alles angefangen hat, aber von einen auf den anderen Tag konnte ich kaum noch atmen und hatte permanent Schwindel. Es vergeht kein Tag, an dem ich keine Beschwerden habe. Würde es nach meinen Gedanken gehen, wäre ich schon 264 mal gestorben, an Krankheiten, die es teilweise nicht gibt. Hört sich lustig an, aber es fühlt sich an, als ob mein Kopf mein Gefängnis ist und meine Gedanken sind Foltermethoden, die an mir ausprobiert werden, damit ich so viel

leide wie nur möglich. Es reden immer
mehrere Stimmen auf mich ein und sagen mir
wie schlecht ich bin, dass mich keiner mag
und dass ich eine tödliche Krankheit habe.
Diese Stimmen zu hören und mir einzubilden,
ich wäre todkrank, lassen meinen Puls in die
Höhe schießen. Was dazu führt mich glauben
zu lassen, ich bekomme einen Herzinfarkt. Es
vergeht keine Stunde, in der ich nicht kurz
Panik bekomme.

Die Leute um mich herum bemerken das nicht,
weil ich einfach gelernt habe damit
umzugehen und zu leben. Doch Momente wie
diese gerade auf meinem Bett, bringen mich
zurück und zeigen mir, dass ich Hilfe brauche
und es allein zwar kurzzeitig schaffen kann,
aber mein kleines System irgendwann
kollabiert und ich keinen Schritt mehr nach
vorne schaffe, sondern nur noch Sprünge
zurück.

In ständiger Angst zu leben nimmt mir nach und nach die Lust am Leben. Dadurch falle ich in ein Loch. In das Loch, wo keiner ist.

Nur ich.

Wo mir keiner helfen kann. Ich nur noch Selbsthass empfinde und mir vor Wut am liebsten den Kopf abreißen würde, weil ich die Gedanken in meinem Kopf nicht abstellen kann.

Doch noch bin ich nicht unten am Loch angekommen. Noch bin ich im freien Fall und habe Chancen mich wieder hochzubekommen. Zumindest glaube ich das.

Ich hoffe es.

Hör jetzt auf Joleen und steh auf. Du bist stark und mutig. Steh auf und zeig der Welt, wer du bist und was du alles kannst, wenn du nur willst.

Aber erst morgen früh. Ich brauche meinen Schlaf.

Kapitel 4

07:00 Uhr. Zu früh für mich. Viel zu früh für mich.

Joleen du schaffst das! Aufstehen, fertig machen und raus aus dem Haus. Das ist mein Plan, aber um diesen umzusetzen brauche ich wirklich viel Kraft.

Und eins und zwei und drei.

Ah, ich stehe. Der erste Schritt ist wohl geschafft. Das war doch gar nicht so schwer. Schnell noch das Gesicht waschen und die Zähne putzen. Beim Vorbeigehen am Schlafzimmer höre ich, wie mein Bett mich ruft und es ist echt schwer zu widerstehen.

Aber ich bin motiviert und diszipliniert. Ich schaffe das!

Noch schnell eine Banane für den Weg eingepackt und los geht der Tag.

Mhm, schön, es regnet und ich habe natürlich keinen Regenschirm. Ein Zeichen von Gott, dass ich wieder zurück ins Bett soll.

Hör auf so zu denken und reiß dich zusammen, du Jammerlappen.

Wow, meine Gedanken sind mal wieder nett zu mir.

Heute steht nur eine kurze Schicht auf der Arbeit an. Ich springe für drei Stunden ein und räume bisschen im Lager auf. Meine Chefin weiß, dass ich keine Kundenarbeit mag und gibt mir netterweise Aufgaben weit weg von Menschen. Sehr rücksichtsvoll von ihr.

Im Lager ist es eiskalt.

Zweites Zeichen von Gott, nach Hause zu
gehen und mich ins Bett zu legen.

Ich dachte, wir haben Frühling. Hier drinnen
sind es gefühlt fünf Grad.

„Joleeeeeen, Hi."

Oh nein, oh nein. Bitte nicht. Das dritte
Zeichen kommt auf mich zu gelaufen. Wenn
ich mich jetzt umdrehe und schnell renne,
schaffe ich es noch zu verschwinden.

„Ist das nicht cool, dass wir hier hinten
zusammen eingeteilt worden sind?", fragt
mich Lisa. Die nervigste Kollegin weit und
breit.

„Oh wow, ich dachte schon, ich wäre heute
allein im Lager", sagte ich nicht gerade
glücklich, damit Lisa merkt wie „begeistert"
ich bin. Sie hat bestimmt gemerkt, dass ich sie
nicht leiden kann. Ist mir eigentlich auch egal.
Wieso muss man auch jeden mögen und sich
mit jedem verstehen? Vor allem Lisa. Laut,
hektisch und nervig. Ich werde müde, wenn sie

mit mir redet, weil mein Gehirn nicht hinterherkommt.

„Dann lass uns mal anfangen Lisa, wir haben viel zu tun".

Ran an die Arbeit, damit sie keine Chance hat mich voll zu labern. Sie wollte gerade noch etwas sagen, aber hat es doch gelassen.
Zum Glück.

Noch zehn Minuten, dann kann ich endlich nach Hause und mich in mein Bett einkuscheln. Dann kann ich den ganzen Tag nichts machen und früh schlafen gehen. Das hört sich doch nach einem guten Plan an.
Lisa war die letzten Stunden nur am Handy und hat mir so gut wie gar nicht geholfen. Eigentlich könnte ich zur Chefin gehen und sie verpetzen. Dafür würde sie bestimmt eine Abmahnung bekommen, aber so hatte ich heute wenigstens meine Ruhe und Lisa war abgelenkt. Sie hat tatsächlich noch keine zwei

Sätze mit mir geredet, weil sie so ins Handy vertieft ist. Komisch, was macht sie da eigentlich die ganze Zeit. Ich war schon bereit mir Kopfhörer zu holen, um ihr nicht zu hören zu müssen, aber die habe ich nicht gebraucht. Anscheinend ist das Handy heute interessanter.

„Lisa? Was machst du eigentlich die ganze Zeit am Handy?"

Sie guckt mich ganz erschrocken an, als ob ich sie bei etwas erwischt hätte.

„Oh, wir haben ja schon fast 11:00 Uhr. Oh nein, ich habe nichts mehr mitbekommen. Das tut mir so leid Joleen. Mist."

Wenn sie wüsste, wie egal mir das ist.

„Es tut mir so leid, dass ich dir nicht geholfen habe. Ich bin Handysüchtig.

Es ist mir jetzt ein bisschen peinlich, aber ich habe jemanden kennengelernt. Über eine App. Ich habe mit ihm geschrieben und gar nicht gemerkt, wie vertieft ich war. Oh nein, du hast alles allein gemacht. Das tut mir so leid. Ich mach das wieder gut!“

Ich muss kurz lächeln. Ich zeige ihr mit einer Handbewegung, dass alles gut ist und ich nicht sauer bin. Ihre Wangen werden rot.

Über Apps jemanden kennenlernen ist tatsächlich ein Ding geworden?

„Das hört sich ja interessant an“, versuche ich zum Gespräch beizutragen, damit ich nicht einfach so dasitze und doofe Blicke abgebe. So ganz ist das nicht mal gelogen. Ein bisschen Neugier hat sie in mir geweckt.

„Ja, ich habe ihn dort letzte Woche angeschrieben und es hat direkt gefunkt. Seitdem schreiben wir jeden Tag ununterbrochen. Ich weiß, es klingt komisch, weil wir uns noch nie gesehen haben, aber ich glaube er ist es! Meine Zukunft. Das ist mein Seelenverwandter.“

Ganz schön überzeugt. Eine Woche schreiben und direkt ist es ihr Seelenverwandter. Gibt es so etwas wirklich oder lebt Lisa in einer Scheinwelt und wird komplett verarscht von diesem Typen. Sie wird wohl wissen, was sie da tut.

„Kannst du mir die App vielleicht mal zeigen?"

Ich weiß nicht wieso, aber das musste ich fragen. Obwohl es absurd klingt und ich mir das niemals vorstellen kann, würde ich schon gerne wissen, wie so etwas funktioniert.

Lisas Augen blitzen auf und sie setzt sich direkt neben mich und fängt an, mir die App zu erklären. Als ob sie auf diese Frage gewartet hätte.

„Also, das ist die App. Du loggst dich ein und gibst alle Informationen über dich an. Alter, Geschlecht, Größe etc. Natürlich auch deine Interessen und ein paar Fotos von dir. Dann werden die Männer gefiltert und dir wird eine Auswahl an Männern angezeigt, die dir gefallen könnten. Oder Frauen. Es kommt darauf an in welchem Ufer du schwimmst. Das kannst du am Anfang angeben. Aber wenn du dich nur für Männer entscheidest, werden dir auch nur Männer angezeigt. Es werden eure Interessen abgestimmt. Du hast dann die Möglichkeit dir alle Männer in Ruhe anzuschauen und dann kannst du die Männer anschreiben. Natürlich nur, wenn dir einer gefällt.

Der Haken ist, dass die Frau den ersten Schritt machen muss. Das heißt, du MUSST einen Mann anschreiben, damit daraus etwas entstehen kann. Und wenn du dem Mann gefällst, akzeptiert er die Chat-Anfrage und man kann sich kennenlernen. Der Mann hat keine Möglichkeit, dich als erstes anzuschreiben oder dir zu zeigen, dass er Interesse hat. Das kommt alles von der Seite der Frau. Ist das nicht cool?"

Na ja. Wenn ich den ersten Schritt machen muss, ist es eigentlich nicht so cool. Vor allem nicht so cool für mich. Wie macht man einen ersten Schritt?

Stopp! Ich muss aufhören, darüber nachzudenken. Ich werde mir niemals so eine App runterladen. Warum sollte ich auch?

„Danke für die ausführliche Erklärung Lisa. Ich mache jetzt Feierabend. Bis dann und viel Erfolg noch mit deinem Typen", schnell verlasse ich den Raum, damit sie nicht weiterredet, aber sie sagt natürlich noch was zu mir.

„Ach und Joleen, die App ist komplett kostenlos. Versuch die App mal. Kann lustig sein. Vielleicht mal eine gute Idee für dich." Ich tue so, als ob ich sie nicht mehr gehört habe und gehe aus der Tür raus.

Wieso sollte es eine gute Idee für mich sein? Denkt sie ich bin einsam? Ich bin vielleicht einsam, aber so einsam, dass sogar Lisa es merkt?

Ach, das ist Lisa. Sie wollte bestimmt nur nett sein. Sie denkt bestimmt nicht, dass ich einsam bin. Sie weiß ja gar nichts über mich. Ich vergesse lieber alles und gehe einfach nach Hause. Endlich nach Hause.

Kapitel 5

Fünf Stunden sind vergangen in denen ich an nichts anderes mehr denken konnte als an diese App. Nicht mal mein Bett konnte mich zur Ruhe bringen.

Man, nervt mich das. Das ist eine dumme App, wieso gefällt mir aber die Idee jemanden online kennenzulernen. Da muss ich nicht reden, da sieht mich keiner und ich muss mein Haus nicht verlassen. Es ist schon ein Wunder, dass ich überhaupt so weit denke, jemanden kennenzulernen. Lisa hat recht. Ich bin schon bisschen einsam und vielleicht wünsche ich mir manchmal jemanden an meiner Seite, aber ich weiß nicht, wie man jemanden kennenlernt. Na ja, obwohl jetzt habe ich ja eine Lösung.

Soll ich mich trauen?

Ach was soll's. Ich habe nichts zu verlieren und ich muss mich auch zu nichts zwingen. Wenn die App blöd ist, dann lösche ich sie direkt und werde niemals wieder einen Versuch starten jemanden online kennenzulernen.

Ich schaue konzentriert auf mein Handy Display.

Da ist sie. Die App.

Ich muss nur einen Knopf drücken und die App lädt auf mein Handy.

„Ahhhhhhh".

Ich habe es getan. Ich habe mir die App wirklich runtergeladen. Ich öffne die App und mir kommen ganz viele rote Herzen entgegen. Ist das kitschig.

In der Mitte kommt ein Button zum Vorschein, wo draufsteht. *„Profil erstellen"*. Es ist so weit, dann erstelle ich mir wohl ein Profil, aber was für Fotos nehme ich von mir? Ich habe nichts Aktuelles, weil ich es hasse, fotografiert zu werden und für Selfies bin ich nicht talentiert genug. Es gibt tatsächlich nur ein Foto, auf dem ich akzeptabel aussehe und das ist zwei Jahre alt. Ich sehe aber noch immer so aus wie auf dem Foto. Dann nehm ich das wohl.

Das Foto wurde hochgeladen.

Meine Hobbys? Wieso muss ich denn sowas angeben. Welcher Mensch hat heutzutage ernsthafte Hobbys. Ich schonmal nicht.

Was beschreibt mich gut und schreckt aber keinen ab.

„Ich lese gerne und genieße es meine Abende ruhig zu verbringen. " Das sollte wohl reichen und ist die Wahrheit.

„Aktiviert".

Mein Profil ist online. Ich kann es nicht glauben. Wieso habe ich auf Aktivieren gedrückt? Da war meine Hand schneller als mein Kopf. Ich hätte noch überlegen müssen. Ich war mir gar nicht sicher, ob ich das möchte.

Man!

Jetzt „muss" ich mir wohl paar männliche Profile anschauen.

Zwei Stunden habe ich jetzt auf der App verbracht und habe nicht mal gemerkt, dass es schon dunkel draußen ist.

In diesen zwei Stunden habe ich mir gefühlt 70 Männer Profile angeschaut und teilweise sogar durchgelesen. Davon fand ich tatsächlich drei sympathisch. Obwohl einer von den drei aussieht wie ein Klischee Draufgänger. Lederjacke, Motorrad, Gel in den Haaren und ein Zahnstocher im Mund.

Soll ich einen von denen anschreiben?

Eigentlich sollte ich mich überwinden und einfach Einen anschreiben. Sonst macht das ja alles keinen Sinn. Jetzt habe ich es so weit geschafft, dann kann ich auch weiter machen.

Okay, ähm wen schreibe ich denn an?

Ich wähle dich!

Ich zeige auf das Profil von Matt.

Matt Miller, 28 Jahre jung und unfassbar gutaussehend. Seine Hobbys sind Reisen und Fotografie.

Wenigstens hat er Hobbys.

Dunkelbraune Haare und eisblaue Augen.

Wow!

Was schreibe ich ihm? Ich fange einfach mal an zu tippen.

„Hey Matt, ich habe dein Profil gesehen und finde dich unfassbar attraktiv. Ich habe zwar keine Ahnung von Männern und der Kommunikation zu Männern, aber willst du mit mir schreiben? Ist bestimmt ganz lustig"

Nein! Sowas Peinliches kann ich doch nicht schreiben. Schnell löschen.

Oh nein.

Oh nein.

Oh nein.

Bitte nicht, nein.

„Zugestellt"

Ich habe es wirklich abgeschickt. Ich habe es versaut. Ist das peinlich. Man, meine doofen Wurstfinger. Wie konnte ich auf den falschen Knopf drücken? Was denkt der sich jetzt bloß? Ich schmeiße mein Handy weg und verkrieche mich für den Rest meines Lebens im Bett.

Als Kind habe ich mich auch immer unter der Decke versteckt, wenn meine Eltern sich wieder angeschrien haben. Manchmal lag ich mehrere Stunden, seelenruhig unter einer Decke und habe mir vorgestellt, dass ich in meiner Traumwelt lebe und alles perfekt ist. Bis ich die Decke von mir genommen habe und realisiert habe, dass ich immer noch in meinem dreckigen kleinen Zimmer liege und mein Vater vor Stunden schon abgehauen ist und meine Mutter betrunken durch das Haus schreit. Mein Vater kam eigentlich immer wieder nach Hause. Auch wenn es manchmal erst nach Tagen war. Man wusste aber, man wird ihn wieder sehen. Doch an meinem fünfzehnten Geburtstag ist er abgehauen und kam nie wieder zurück. Ich habe jeden Tag gewartet und gehofft er kommt wieder, aber er kam nicht. Meine Mutter hat meine Schwester Kim und mich ab dem Punkt endgültig im Stich gelassen, obwohl sie es davor auch schon oft getan hat. In diesem Zeitraum hatte ich auch meine erste Panikattacke. Ich dachte, ich sterbe. Ich habe keine Luft bekommen, mein Herz hat weh getan und meine Finger und Füße waren taub. Vielleicht habe ich zu diesem Zeitpunkt innerlich gehofft zu sterben. Meine Schwester hat recht schnell verstanden, dass das eine Panikattacke ist und konnte mir helfen, indem sie mich in den Arm genommen hat und mir mit ihrem Atem gezeigt hat, wie

ich atmen muss, damit mein Puls runterfährt.
Bis jetzt konnte es nur meine Schwester
schaffen mich in solchen Situationen zu
beruhigen. Vermutlich, weil sie genau weiß,
wie sich das anfühlt.

Meine Mutter hat von dem Ganzen nichts
mitbekommen. Sie war Tage lang weg, kam
betrunken nach Hause, war nur am Schlafen.
Sie hat uns gar nicht mehr wahrgenommen.
Sie hat uns nur noch eine Wohnung zum
Schlafen gegeben. Ab und zu wurden wir
angeschrien.

Meine Schwester, die zu dem Zeitpunkt
siebzehn war, hat für mich gekocht, eingekauft
und dafür gesorgt, dass ich meine
Schulaufgaben pünktlich und erfolgreich
erledige. Sie wollte, dass ich eine gute Zukunft
habe. Ein Glück, dass ich sie hatte. Doch ein
Jahr später, an ihrem achtzehnten Geburtstag,
ist sie abgehauen und hat mich alleine bei
meiner Mutter gelassen.

Ohne sich zu verabschieden.

Irgendwie habe ich es geschafft bis zu meinem achtzehnten Geburtstag dort zu überleben, aber bin dann auch an meinem Geburtstag abgehauen und habe meine Mutter seitdem nicht mehr gesehen. Ich hatte gehofft, dass Kim an meinem Geburtstag zurückkommt, weil ihr Geburtstage immer wichtig waren. Deshalb habe ich noch lange gewartet, weil sie mich sonst nicht gefunden hätte, wenn ich weggelaufen wäre, aber sie kam nicht. Jedes Jahr an meinem Geburtstag habe ich gewartet, aber sie kam einfach nicht.

Schlussendlich bin ich abgehauen. Gefüllt mit Wut und Hass, habe ich mir gesagt, dass ich meine Familie nie wieder sehen will. Vor allem meine Mutter. Diese Frau ist für mich gestorben. Ich habe sie ohne ein Wort zurückgelassen und kam nie wieder zurück.

Ich habe mir Jobs gesucht und konnte mir meine erste eigene, kleine Wohnung leisten. Ohne Möbel und ohne Licht.

Ich habe mich schnell dran gewöhnt, allein zu sein und alleine „glücklich" zu sein. Bis ich Nora kennengelernt habe und wir zusammengezogen sind. Nora hat mir gutgetan. Sie hat mir geholfen.

Von meiner Schwester habe ich nie wieder etwas gehört. Manchmal vermisse ich sie sehr, aber ich kann ihr nicht verzeihen, dass sie mich im Stich gelassen hat. Sie hätte mich mitnehmen können. Wir hätten gemeinsam gehen können. Sie hat mich aber zurückgelassen.

Ich habe oft versucht herauszufinden, wo sie wohnt, aber ohne Erfolg. Ich wüsste auch gar nicht was ich ihr sagen oder was ich sie fragen würde. Ich weiß auch gar nicht, ob sie das möchte. Sie hätte sich auch melden können. Hat sie aber nicht.

Ich höre ein Klingeln.

Mein Handy? Wo ist es? Hätte ich es mal nicht weggeworfen, sondern wie ein normaler Mensch weggelegt, dann wüsste ich jetzt, wo es ist.

Da ist es ja. Wie ist es denn unter den Teppich gekommen? Na ja, ist ja auch egal.

„Nachricht Anfrage angenommen, du kannst jetzt mit Matt chatten."
„Eine neue Nachricht von Matt".

Das glaube ich jetzt nicht. Er hat wirklich geantwortet.

„Hey Joleen, danke für dein Kompliment :D du scheinst ja genau zu wissen, was du möchtest und ehrlich bist du auch, haha. Ich würde gerne mit dir schreiben. Und übrigens, du siehst auch sehr attraktiv aus."

Meine Nachricht hat ihn nicht abgeschreckt.
Im Gegenteil. Er findet es sogar lustig. Wie
gehe ich jetzt damit um? Ich kann das nicht.
Ich muss ihn einfach ignorieren.
Einatmen, ausatmen.
Oder ich versuche es einfach. Was ist denn
schon dabei. Wir chatten ja nur.
Okay.

*„Danke für das Kompliment! Das freut mich.
Wie fangen wir an uns zu schreiben? Ich
glaube, ich brauche bisschen Hilfe.“*

Das habe ich jetzt nicht ernsthaft gefragt.
Mensch, Joleen. Du bist 25 und weißt nicht,
wie man mit Männern schreibt und musst es
auch noch offensichtlich zeigen. Der denkt
doch, ich bin unerfahren und hilflos. Na ja,
erfahren bin ich jetzt auch nicht. Mit 19 hatte
ich meine erste und letzte Beziehung, die sechs

Monate ging. Kurzgefasst, er war ein Arschloch und wollte eigentlich nur mit mir ins Bett. Kurz nachdem es passiert ist, hat er sich per SMS getrennt. Sehr respektvoll von ihm. Seitdem habe ich keinen Mann mehr getroffen, geküsst oder angefasst.

Mein Handy vibriert in meiner Hand und ich sehe den Namen „Matt" aufleuchten. Ich werde direkt nervös.

„Wie wärs, wenn wir uns erstmal kennenlernen und uns paar Informationen voneinander erzählen?:D also, ich weiß schonmal, dass du Joleen heißt und nicht weißt, wie man sich online schreibt."

Humor hat er schonmal. Ein bisschen frech ist er auch. Irgendwie mag ich das.

„Hallo, ich bin Joleen Johnson. 25 Jahre jung und bin total hungrig."

„Hallo Joleen, ich bin Matt Miller. 28 Jahre
jung und bin nicht hungrig.“

Macht er sich über mich lustig? Ganz schön
fies, aber Matt Miller ist ein schöner Name.

„Du bist ja ein ganz lustiger. Wo kommst du
her Matt?“

„Danke! Ich bin in Georgetown geboren und
vor acht Jahren hierhin nach Oxford
ausgewandert. Und du?“

„Wo ist denn Georgetown? Ah, cool! Ich
wohne auch in Oxford. Um genauer zu sein,
am Stadtrand.“

„Georgetown, Washington DC.
Dann wohnen wir ja gar nicht so weit
voneinander entfernt.“

Scheiße! Wir haben ja schon 01.25Uhr. Ich muss morgen um 8:00 Uhr wieder im Lager sein. Wo ist die Zeit hin? Ich würde gerne noch mehr mit Matt schreiben und mehr über ihn erfahren, aber ich muss wirklich mal schlafen.

„Ein Amerikaner in Großbritannien. Interessant, ich würde gerne mehr wissen, aber es ist schon spät. Ich gehe mal schlafen, sonst komme ich morgen nicht aus meinem Bett raus. Gute Nacht Matt!"

„Das kann ich dir gerne mal ausführlich erzählen. Gute Nacht, Joleen!:) „

Irgendwie ist der Name „Matt" in meinem Kopf gefangen.
Hör auf Joleen, du schreibst erst paar Stunden mit ihm. Schalt einen Gang zurück.

Ich kuschel mich in meine Decke ein und

mache endlich die Augen zu.

48

Kapitel 6

Dieser Morgen fühlt sich ganz anders an. Es ist 07:00 Uhr und ich sitze hellwach am Bettrand und freue mich irgendwie auf den Tag. Ich weiß zwar nicht genau auf was ich mich freue, aber irgendwas in mir lässt mich Freude spüren. Wenn ich das Gefühl „Freude" nennen kann.

Mein erster Blick heute Morgen fiel auf mein Handy.

„Keine neuen Nachrichten."

Ich weiß nicht, was ich mir erhofft habe, aber ein bisschen Enttäuschung war zu spüren, nachdem ich keine neue Nachricht vorgefunden habe. Irgendwie dachte ich es kommt eine *„Guten Morgen"*- Nachricht.

Ach, was bilde ich mir ein. Ich verrenne mich in etwas, was noch viel zu frisch ist oder noch gar nicht vorhanden. Liegt vielleicht daran, dass ich lange, sehr lange keinen Kontakt mehr zu Männern hatte und ich einfach nicht mehr weiß, wie man damit umgehen soll. Oder vielleicht daran, dass ich mir einfach erhoffe, endlich jemanden zu finden, der für mich da ist und mich weniger Einsamkeit fühlen lässt. So, wie ich es mein ganzes Leben gefühlt habe.

Ach, vergessen wir ihn einfach. Er ist niemand und wird es auch bleiben. Zumindest für mich.

Ich schnappe mir noch schnell meine Banane, bevor ich die Wohnung verlasse und gehe los zur Arbeit. Mal wieder ein Tag nur im Lager. Wie ich es liebe. Heute aber den ganzen Tag.

Mein Blick fällt wieder auf mein Handy
Display. Nichts.

Ich packe das Handy für den restlichen Tag in
meine Tasche, sonst werde ich ja noch wie
Lisa und bin nicht mehr ansprechbar, weil ich
so in mein Handy vertieft bin.

Natürlich ist es im Lager wieder eiskalt. Hätte
ich mir bloß noch einen Pullover
mitgenommen.

Mal schauen, ob ich heute das Glück habe,
allein zu sein. Noch habe ich keine Lisa
gesehen oder gehört. Schon mal ein gutes
Zeichen. Dann fange ich mal an.

Ich höre es klingeln.

Mein Handy. Ich springe auf und wühle
hektisch in meiner Tasche rum.

Da ist es ja.

*„Guten Morgen Frau, die nicht weiß, wie man
anfängt zu schreiben:) Wie geht es dir?"*

Er hat mir geschrieben. Bisschen frech und auch irgendwie bisschen süß, aber er hat mir geschrieben.

„Guten Morgen Mann, der nicht weiß, wie man eine Frau begrüßt. Mir geht es ganz gut und dir?“

Verdammt! Ich hätte nicht direkt antworten dürfen. Jetzt denkt er bestimmt, ich habe den ganzen Tag auf die Nachricht von ihm gewartet.

„Ganz gut tatsächlich. Was machst du?“

Sage ich ihm, dass ich arbeite und wo ich arbeite? Warum nicht, oder?

„Ich bin gerade auf der Arbeit. Ich vermute mal, du auch? Oder du bist stinkreich und

liegst gerade auf einer Liege an deinem privaten Strand. Was gar nicht mal so übel wäre. "

Jetzt denkt er bestimmt, ich bin nur auf Geld aus. Bin ich nicht, aber wenn ich jemanden kennenlerne, der stinkreich ist, wäre es doch gar nicht so übel für mich.

„Ne, ich bin gerade auf meiner Yacht und fahre von Bucht zu Bucht und trinke Champagner aus weiblichen Bauchnabeln :D Spaß. Ich mache Homeoffice und packe gleich meinen Koffer. "

„Schade haha. Eine Yacht ist nicht so besonders.
Wofür packst du denn? "

„Ich muss morgen geschäftlich nach New York. Bleibe eine Woche da und brauche

genug Kleidung. Doof nur, dass ich der schlechteste Kofferpacker der Welt bin und immer etwas vergesse. Vielleicht kannst du mir dabei helfen? „

„Also, ich würde mal behaupten Unterhosen sind ganz wichtig und vielleicht ein paar Oberteile. Oh, und natürlich Socken, außer du trägst nur Birkenstocks.
Was arbeitest du denn, dass du nach New York musst? "

„Ha ha, ganz lustig, aber gut, dass du es sagst. Ich hätte sonst meine Unterhosen vergessen.
Ich bin Fotograf und habe einen großen Kunden in New York für den ich öfter dorthin muss, um große Events zu fotografieren. Ist eigentlich ganz lustig. "

Wow. Das hätte ich nicht erwartet. Fotograf
also. Dann kann man ihn bestimmt im Internet
finden. Suchen wir ihn mal.

Matt Miller, Fotograf. Wow, es gibt ganz
schön viele Berichte über ihn.

Das kann nicht wahr sein. Er hat schon mit
Stars zusammen gearbeitet von denen ich nur
träumen kann, sie jemals zu treffen. Private
Veranstaltungen von Schauspielern, die New
Yorker Fashion Week und sogar Werbefotos
für Parfüm. Der scheint ja ganz schön
erfolgreich zu sein. Jetzt ist mir der
Kommentar mit dem privaten Strand peinlich.
Vielleicht hat er ja wirklich einen privaten
Strand oder eine Yacht.

*„Wie aufregend! Ich war noch nie in New
York. Ich war noch nie außerhalb Europas.
Vielleicht sollte ich auch Fotografin werden."*

„Vielleicht könntest du mal mit mir

mitkommen:) Dann würde ich nicht immer

alleine auf meinem Hotelzimmer sitzen,

sondern mal die Stadt erleben. Was arbeitest

du denn?"

Nach New York? In einem Flugzeug? Nein,
danke. Aber er muss ja nicht wissen, dass ich
nicht fliege.
Da ist ja auch schon die Frage, die ich erwartet
habe. Er möchte wissen, was ich arbeite.

„Ich arbeite ab und zu in einem Supermarkt.
Ich räume Regale ein und aus und ordne den
Lagerraum. Also nach New York komme ich
nicht mit meinem Beruf. Ich glaube, da muss
ich mich wohl doch an dich hängen, um mal
dort hinzukommen."

„Ah ja, so eine bist du also Joleen:D ich
verstehe. Das ist kein Problem. Häng dich

ruhig an mich. Ich melde mich später wieder. Ich bearbeite noch ein paar Fotos und muss dann wirklich packen. Viel Spaß auf der Arbeit :)"

„Danke! Und dir viel Spaß beim Packen:)"

Wir haben schon 11:00 Uhr? Wo ist die Zeit hin. Ich kann es nicht glauben. Jetzt verhalte ich mich schon wie Lisa. Zum Glück hat mich keiner gesehen. Ich muss schnell was im Lager räumen, damit niemand sieht, dass ich nichts geschafft habe. Am Ende verlier ich noch meinen Job wegen Matt. Obwohl es ja eher meine Schuld ist. Ich hätte mein Handy einfach in der Tasche lassen sollen, aber irgendwie kann ich das nicht. Ich habe das Verlangen, ihm sofort zu antworten.

Reiß dich zusammen Joleen!

Kapitel 7

„Eine Pizza Salami zum Mitnehmen, bitte."
Habe ich einen Hunger. Heute war mal wieder ein Tag in dem meine Geduld nicht zum Kochen reicht, sondern nur für eine Pizza vom Laden nebenan. Ich würde mir sonst Nudeln kochen, weil mehr kann ich nicht. Aber jeden Tag Nudeln? Nein danke.

Wenn ich das ganze Fett hier rieche, knurrt mir der Magen. Kling ekelhaft, ist ekelhaft, aber genau das brauche ich jetzt.

„$12 bitte", sagt der Pizzamann mit leichtem Akzent.

Ganz schön viel für eine kleine Salami Pizza, aber ich hätte mit Sicherheit meine Klamotten gegessen, weil ich nicht mehr warten kann.

„Danke, tschüss", antworte ich hastig, nehme die Pizza und renne raus. Schnell nach Hause. Weg von Menschen. War schon eine Überwindung allein in den Laden zu gehen. Ich laufe die Haustür rein, schmeiße meine Schlüssel und Jacke auf den Boden, ziehe mir die Schuhe auf dem Weg zur Küche aus und beiße stehend in das erste Stück Pizza rein. Mhm, endlich Essen.
Vielleicht sollte ich mir mal Essen mit auf die Arbeit nehmen, anstatt immer wie ein hungernder Löwe nach Hause zu eilen. Ich nehme noch ein großes Stück von der Pizza und lasse mich langsam auf den Stuhl fallen.

Mit vollem Magen und offener Hose setze ich mich auf das Sofa und atme durch. Ich schaue auf mein Handy Display und sehe nichts. Keine Nachricht.
Vielleicht sollte ich ihm dieses Mal als erstes schreiben, anstatt zu warten, bis er mir

schreibt. Oder nerve ich ihn dann? Nein! So
darf ich nicht denken. Ich möchte, dass er mir
schreibt, dann muss ich auch ihm schreiben.
Wir sind ja keine Kinder mehr, sondern
erwachsene Menschen, die die Initiative
ergreifen, um sich kennenzulernen.
Okay, ich traue mich.

*„Hey, und wie läuft das Packen? Alles
geschafft?"*

Abgesendet.
Sehr gut. Ich habe mich getraut und fühle mich
ein bisschen stolz.
Es vergehen zehn Minuten, dann dreißig, dann
eine Stunde. Keine Antwort.
Vielleicht hat er keine Zeit mir zu schreiben.
Ich lege einfach das Handy weg und versuche
meinen Abend zu genießen. Doch dann
vibriert es. Mein Handy vibriert. Es kann keine

Nachricht sein, denn dafür vibriert das Handy
zu lange.

Er… er ruft mich an? Wieso ruft er mich an?
Geh ich dran? Nein auf keinen Fall, dann muss
ich ja mit ihm sprechen.

Oder doch? Ich muss es machen, ich muss
mich überwinden. Es ist nur ein Telefonat. Ich
schaffe das. Ich bewege meinen Finger
langsam zum Handy Display und gehe ran.

„Hallo? Joleen? Hörst du mich?“, fragt er mich
und ich höre das erste Mal seine Stimme. Ich
muss lächeln. Seine Stimme klingt so sanft
und freundlich und doch männlich und tief. Er
spricht die Wörter wunderschön und weich
aus, dass ich vergessen habe zu antworten.

„Halloooo?“, sagt er jetzt lauter.

„Eh, hallo ja, ja ich bin dran hi. Wieso rufst du
mich an?“

Er merkt bestimmt, dass ich verwirrt bin.

„Ich habe gerade gesehen, dass du mir
geschrieben hast, und dachte ich rufe mal an,

weil ich nicht so viel Zeit habe um zu schreiben und ich wollte mal deine Stimme hören. Damit ich eine Stimme im Kopf habe, wenn ich an dich denken muss und mir nicht immer eine Stimme ausdenken muss."

Mir wird ganz warm. Zum Glück kann er mich nicht sehen. Meine Wangen sind so rot wie zwei Clowns Nasen. Ich muss mich zusammenreißen, um antworten zu können.

„Jetzt hörst du meine Stimme. Und was sagst du?"

Habe ich das wirklich gesagt. Man, Joleen. Wieso bist du so?

„Sie klingt wunderschön. Genauso wie ich es mir vorgestellt habe", sagt er und meine Wangen sind nicht mehr das Einzige, was Rot ist.

„Also Joleen, wie wärs, wenn wir die Zeit jetzt nutzen und uns besser kennenlernen?"

„Ja klar“, sage ich schnell damit er meine Überforderung nicht spürt, „was möchtest du wissen?“

„Wie wärs wenn jeder von uns sich zwei total absurde Fragen ausdenken darf und der andere muss sie beantworten. Man muss natürlich ehrlich antworten“, erklärt er mir total begeistert.

„Ich weiß zwar noch nicht, was du dir darunter vorstellst, aber fang mal an“. Das war das letzte, was ich noch sagen konnte. Ich bin froh, dass er sich Zeit nimmt sich eine Frage auszudenken, weil ich erstmal durchatmen muss. Diese Situation hat mich innerlich gestresst und ich merke, wie ich schon schlechter Luft bekomme und meine Nägel sich in meine Handfläche rammen. Obwohl ich dieses Gefühl hasse und auch alles vermeiden will, damit ich mich so fühle, möchte ich weiter mit ihm reden. Es ist guter Stress. Irgendwie fühlt sich das gut an und die

Konsequenz, dass ich mir die Handflächen aufspieße, nehme ich in Kauf. Trotzdem merke ich, dass ich mich langsam erschöpft fühle. So Situationen rauben mir viel Kraft.

„Was würdest du dir direkt kaufen, wenn du „FuckYou Money" hättest?", fragt er mich und ich bin bisschen verwirrt. Das meint er wohl mit absurden Fragen und ich dachte, er fragt mich jetzt, wie mein erstes Haustier hieß.

„Was ist denn „FuckYou Money"?", frage ich ihn und musste kurz lachen bei der Frage.

„Na ja, wenn du Milliarden Dollar hättest und dir alles kaufen könntest, was du willst und es egal ist wie viel es kostet, weil es nichts an deinem Vermögen ändert. Was würdest du dir holen?"

„Puh, schwierig. Ich wäre erstmal überfordert. Ich glaube, ich würde mir als allererstes 100 Paar weiße Socken kaufen, weil ich nie welche habe und endlich mal die Chance hätte mir so viele auf einmal zu kaufen. Dann schaue ich mal weiter.

Ein neues Haus und einen Koch. Vielleicht würde ich dann einen riesigen Urlaub machen und mir eine Insel mieten. Oder eher kaufen."

„Du hast Milliarden Dollar auf dem Konto und du holst dir als allererstes Socken? Wow, Joleen du beeindruckst mich. Ich habe mit allem gerechnet, aber nicht mit Socken. Du würdest dir einfach Socken holen." Ich höre, wie er lachen muss. „Na gut, ich akzeptiere es. Was ist deine Frage an mich?", fragt er und ich höre, wie er im Hintergrund etwas am Packen ist. Ich vermute zumindest, dass die Geräusche vom Packen kommen.

Was frage ich ihn nur? Ich habe keine absurden Fragen, meine Fragen sind alle normal. Ich weiß gar nicht, wie man auf absurde Fragen kommt. Ich versuche es einfach mit einer normalen Frage.

„Ich würde gerne wissen, warum du nach
Oxford gezogen bist."

Ich höre Stille im Handy. Mist, vielleicht war
die Frage zu privat. Ich glaube, ich ziehe
meine Frage lieber zurück. Oder doch nicht?
Ich höre ihn tief einatmen und dann fängt er an
zu reden.

„Das ist keine absurde Frage, aber ich
beantworte sie dir. Die Regel war es, ehrlich
zu sein, dann bin ich es auch." Ich merke, dass
das wohl eine intimere Frage war. Ich hoffe, er
nimmt mir das nicht böse.

„Fangen wir mal damit an, dass ich meine
Mutter nie kennenlernen durfte. Sie ist bei
meiner Geburt verstorben und hat mir dafür
das Leben geschenkt."

Ich atme aus und weiß nicht, ob er mir das
wirklich erzählen will, aber er redet weiter.

„Mein Vater ist Anwalt und immer unterwegs
gewesen und somit bin ich mit einem
Kindermädchen groß geworden. Irgendwann

hat er mich dann verlassen, weil er eine „neue Familie" gefunden hat und wohnt jetzt glücklich und zufrieden mit denen in Miami. Ich vermute mal, dass er mich nie leiden konnte, weil ich indirekt schuld an Mom´s tot bin. Aber Dad ist mir egal. So Menschen brauche ich nicht in meinem Leben. Na ja, und Geschwister habe ich keine. Somit hatte ich keine positiven Erfahrungen und Erinnerungen an meinen Geburtsort und wollte einfach nur weg da. Dann bin ich hier gelandet und es geht mir besser denn je". Er beendet den Satz und ich muss kurz durchatmen. Ich weiß nicht, was ich sagen soll. Er vertraut mir so etwas Intimes und Privates an. Das klingt furchtbar. Ich würde ihn gerade am liebsten in den Arm nehmen und einfach nicht reden. Ihm zeigen, dass ich da bin.

„Es tut mir leid", das ist das Einzige, was ich sagen kann. Er merkt bestimmt, wie überfordert ich mit der Situation bin.

„Ach Quatsch, alles gut. Ich habe es sehr gut verarbeitet und komme mit meiner Vergangenheit klar. Ich habe damit abgeschlossen und bin wirklich glücklich“, sagt er und mir kommen die Tränen. Ich versuche nicht durch die Nase zu atmen, damit er nicht hört, dass sie langsam verstopft.

„Du bist ganz schön mutig Matt. Allein auf einen anderen Kontinent zu ziehen. Das kann nicht jeder. Ich ziehe meinen Hut vor dir, Matt Miller.“

Er muss lachen. Das bringt mich auch zum Lachen. „Danke, Joleen. Das hat ganz gut getan, es mal jemandem zu erzählen. Ich habe da noch nie so ehrlich mit jemandem darüber gesprochen. Danke fürs Zuhören und danke, dass du diese Frage gestellt hast.“ Ich muss erleichtert lächeln. Also war die Frage okay für ihn.

„So, mein Koffer ist gepackt und ich muss ganz schnell ins Bett. Mein Flug geht sehr früh. Belassen wir es bei einer Frage und stellen uns beim nächsten Mal die andere?", fragt er gähnend und ich merke es ist Zeit aufzulegen.

„Ja, gerne. Ich überlege mir bis dahin was Absurdes. Guten Flug und pass in New York auf dich auf!"

„Danke, schlaf gut Joleen! Wir hören uns."

Er hat aufgelegt.

So habe ich mir meinen Abend nicht vorgestellt.

Das Handy liegt noch eine ganze Weile auf meiner Brust und ich starre einfach nur an die Decke und spüre in mir ein leichtes Kribbeln. Das Gespräch hat mir gutgetan. Ich glaube, ich bin gerade…glücklich.

Kapitel 8

Eine Woche ist vergangen und meine Bildschirmzeit am Handy ist fünfmal so hoch wie normalerweise. Matt und ich schreiben uns jeden Tag. Zwar nicht so viel, weil er in New York war und arbeiten musste, aber schon sehr regelmäßig. Es kam jeden Morgen eine *„Guten Morgen"*- Nachricht und jeden Abend eine *„Gute Nacht"*-Nachricht von ihm. Ich habe viele Fotos aus New York bekommen. Manchmal sogar Selfies. Tatsächlich hat er mich fast jeden Abend angerufen, wenn er Zeit hatte. Was für mich sehr schwer war, wegen der Zeitverschiebung. Meistens war er so um 23:00 Uhr im

Hotelzimmer. 23:00 Uhr nach amerikanischer Zeit. Bei mir waren es 05:00 Uhr morgens. Ob man es glaubt oder nicht, ich war wach und habe mit ihm telefoniert und das hat was zu bedeuten. Ich habe ihm zugehört und ihm sogar von meinem Tag erzählt. Danach war ich zwar den ganzen Tag am Gähnen und total müde, aber es hat sich gelohnt.

Es fühlt sich von Mal zu Mal leichter an, mit ihm zu sprechen. Langsam gewöhne ich mich daran und fange an, es zu genießen. Der Stress wird weniger.

Heute kommt er aus Amerika zurück und wir sind endlich wieder in der gleichen Zeitzone.

Moment.

Er sollte vor einer Stunde schon gelandet sein.

Es kam aber noch keine Nachricht.

Komisch.

Na ja, wird schon nichts sein.

Es ist 10:00 Uhr morgens und ich habe einen freien Tag. Ich stehe mal auf und mache mich fertig für den Tag. Einen Tag, an dem ich nichts mache. Auch ein sogenannter „perfekter Tag“. Da freue ich mich drauf.

Die Sonne geht langsam unter und ich habe heute nichts getan außer geschlafen, gegessen, geschlafen und einen Film geschaut. So fühle ich mich jetzt auch. Angeschwollen, stinkig und kraftlos. Vielleicht hätte ich wenigstens mal vor die Tür treten können, um frische Luft zu schnappen.
Ach, das kann ich auch morgen noch machen.
Irgendetwas summt in meiner Wohnung oder in meinem Kopf.
Was ist das? Werde ich verrückt?
MEIN HANDY.
Wo ist mein Handy?
Ich werde angerufen.
Schnell Joleen, schnell!
„Matt“

Matt ruft mich an. Okay, einatmen und ausatmen. Er hat sich den ganzen Tag nicht gemeldet und jetzt ruft er mich an. Endlich ruft er mich an.

„Hallo?", begrüße ich ihn und versuche ruhiger zu atmen, damit nicht auffällt, dass ich nervös bin.

Und ich dachte, ich habe meine Nervosität unter Kontrolle, wenn wir telefonieren. Anscheinend noch nicht.

„Hey Joleen, sorry, dass ich mich erst jetzt melde, aber es war total stressig heute. Der Flug hatte Verspätung, es gab Probleme am Flughafen, dann gab es Probleme mit dem Koffer und natürlich habe ich meinen Haustürschlüssel verloren. Jetzt bin ich endlich in meiner Wohnung und es hat sich alles geregelt, aber ich habe total Hunger und brauche Ablenkung von dem Tag."

Das hört sich viel zu stressig für mich an.

„Ohje, da hattest du aber einen langen Tag. Endlich bist du daheim und kannst dich ausruhen. Bestell dir doch was Leckeres zu Essen und schau dir einen Film an. Ich glaube, dein Körper freut sich über Ruhe."

Er atmet tief ein und dann sagt er das, vor dem ich die ganze Zeit Angst hatte.

„Also ich würde eigentlich ungern meinen stressigen Tag alleine ausklingen lassen. Ich habe eine bessere Idee. Ich habe einen Tisch bei meinem Lieblingsitaliener und ich habe für zwei Personen reserviert. Also um genau zu sein, wollte ich dich fragen, ob du heute Abend mit mir essen gehen möchtest. Ich würde dich abholen und wir würden gemeinsam zum Restaurant fahren. Fühl dich nicht unter Druck gesetzt. Wenn du nicht möchtest, ist es auch okay, aber ich würde dich gerne mal sehen. Bitte sei ehrlich und sag es ruhig, wenn du nicht möchtest. Ich konnte nur an nichts anderes denken. Ich bin gelandet und dachte mir, ich will dich heute sehen. Ich muss dich heute sehen. Ohje, jetzt setze ich dich bestimmt doch unter Druck. Was…..was sagst du dazu?"

Er will mich sehen. Er will mich heute Abend sehen. Das ist viel zu kurzfristig. Ich kann heute Abend nicht ausgehen. Ich sehe furchtbar aus und ich konnte mich nicht darauf vorbereiten auszugehen. Das geht nicht. Sowas erzeugt direkt Panik in mir. Ich bekomme schon schlechter Luft. Ich will nicht ausgehen, ich will keine anderen Menschen sehen und ich will auch nicht gesehen werden. Ich will nicht aus der Wohnung raus. Ich will das nicht!

„Joleen? Bist du noch dran?", fragt er mich und ich versuche mir eine Antwort zusammenzureimen.

„Ähm, ja ich bin noch dran. Das ist eine total schöne Idee von dir Matt, aber ich weiß nicht, ob ich mich heute danach fühle auszugehen.

Ich möchte dich auch total gerne sehen, aber ich bin heute einfach kraftlos."

Ich hoffe, er lässt nach. So leid es mir tut, ich kann das einfach nicht. Einen Mann treffen und dann noch in ein Restaurant gehen. Wenn ich daran denke, schießt mein Puls in die Höhe. Ich weiß nicht mal wie viel ich essen könnte. Bei dem Gefühl, alle Augen im Restaurant starren mich an, wird mir schlecht und ich weiß, ich würde keinen einzigen Bissen runter bekommen. Da kann nicht mal Matt mir helfen. Wie auch?

„Oh okay."

Ich höre die Enttäuschung in seiner Stimme. Nicht, dass ich ihn so von mir distanziere. Joleen, denk nach! Es muss etwas geben, was du tun kannst. Was du ihm vorschlagen kannst. Auch wenn mich alles Überwindung kostet. Ich kann ihn nicht einfach hängen lassen. Natürlich will er mich mal treffen. Wir

haben so viel Kontakt, es muss irgendwann
dazu kommen.

„Ich hätte eine andere Idee", schlage ich vor
und bereue es sofort, „wie wäre es, wenn du
dir was zu essen besorgst und daheim etwas
isst und du mich danach abholst und wir eine
kleine Runde durch den Park spazieren
gehen?"

Es ist ruhig am Hörer. Er ist am Überlegen.
„Das akzeptiere ich auch. Ich würde mich
einfach freuen, dich mal zu sehen Joleen.
Auch wenn es nur drei Minuten sind.
Hauptsache ich sehe dich. Ich bestelle mir
schnell etwas zu Essen und storniere die
Reservierung und dann komme ich dich
abholen. Schick mir gleich deine Adresse!"
Er will mich sehen. Er will mich wirklich
sehen.

„Gut, mache ich. Dann bestell dir was zu
Essen und wir sehen uns gleich!"

„Bis gleich Joleen, ich freue mich sehr! Danke, dass du diesen Vorschlag gemacht hast", sagt er und legt auf.

Meine Wangen glühen.

Mir ist schwindelig.

Was habe ich getan?

Ich muss ruhiger atmen, sonst bekomme ich Panik. Langsam ein- und ausatmen. So wie es meine Schwester mir gezeigt hat.

Was ist daran so schlimm ihn zu treffen? Es ist dunkel, er sieht mich kaum und wir gehen nur kurz spazieren. Das kann ich schaffen. Ich muss mich nur beeilen. Ich muss duschen und mich frisch machen. Oh nein. Ich muss mich wirklich beeilen. Schnell Joleen, schnell!

Ich treffe gleich einen Mann. Einen echten MANN. Ich kann es nicht glauben. Was hat Matt mit meinem Kopf gemacht, dass ich mich wirklich traue mich mit ihm zu treffen? Ich

darf nicht so viel darüber nachdenken, sonst
sage ich ihm noch ab.

Augen zu und durch!

Kapitel 9

Es klopft an der Tür. Ich muss mehrmals tief ein und ausatmen, bevor ich mich traue, die Tür zu öffnen. Meine Wangen glühen und meine Hände zittern. So langsam glaube ich, ich bekomme Sonnenbrand von den glühenden Wangen. Ich weiß nicht, wie ich ihn anschauen soll oder was ich sagen soll. Mir schießen vor Angst und Aufregung die Tränen in die Augen. Noch einmal ein- und ausatmen. Meine Hand bewegt sich zum Türgriff und ich drücke ihn ganz langsam runter. Langsam ziehe ich die Tür auf und sehe einen großen Mann vor mir stehen.

Matt Miller. Das ist er also. Er ist groß, sicher um die 1,90 Meter und hat große blaue Augen. Wunderschöne, große blaue Augen. Mein Blick verfängt sich in seinen wunderschönen blauen Augen und ich behaupte jetzt mal, dass ich noch nie in meinem Leben so schöne blaue Augen gesehen habe. Er bewegt sich. Ich schaue auf seinen Mund und sehe ein kleines Lächeln. Er lacht und die blauen Augen fangen an zu glänzen.

„Joleen. Hi. Ist alles okay? Du bewegst dich nicht", fragt er mich und ich kehre zurück in die Realität.

Du liebe Güte. Seine Augen haben mich einfach verzaubert. Die haben mich so sehr verzaubert, dass ich aufgehört habe zu zittern.

„Oh, ja. Hi Matt. Komm kurz rein, ich muss noch meine Jacke holen. Schön dich zu sehen."

Ich muss mich schnell zusammenreißen. Ich drehe mich um und gehe direkt in Richtung Schlafzimmer.

„Warte Joleen!"

Ich bleibe stehen und drehe meinen Kopf zu ihm. Er öffnet seine Arme und grinst mich an. „Renn bitte nicht weg. Darf ich dich erst mal drücken?"

Ich muss auch grinsen. Aus irgendeinem Grund schießen mir wieder Tränen in die Augen. Ich weiß nicht, was gerade mit meinem Körper los ist, aber es passieren ganz komische Dinge. Zum Glück sieht er die Tränen nicht. Ich drehe mich zu ihm um und gehe einen Schritt auf ihn zu. Sein Blick hat meine Augen fest fixiert und er hört nicht auf zu grinsen. Ich bleibe vor ihm stehen und schaue ihm tief in die blauen Augen. Nicht nur seine Augen, sondern sein Ganzes ist wunderschön. Er hat die Arme noch offen und ich überwinde mich und umschlinge langsam seine Hüfte. Meinen Kopf lasse ich auf seine Brust fallen und mache die Augen zu. Seine Arme umfassen meinen ganzen Oberkörper und seine Lippen liegen auf meinen Haaren. Ich merke, wie er an meinen Haaren riecht und ich rieche an seiner Brust. Er ist parfümiert und ich könnte in diesem Geruch versinken. Er riecht nach Vanille.

Er drückt fester zu und ich sauge jede einzelne Sekunde ein, die ich von seiner Umarmung bekomme.

„Diesen Moment habe ich mir so oft vorgestellt und ich bin froh, dich endlich in meinen Armen halten zu können", flüstert er in meine Haare.

Ich nicke nur und schaffe es nicht, mich zu lösen. Ich habe alles um mich herum vergessen. Er lässt meinen Körper etwas fühlen und ich weiß einfach nicht, was das für ein Gefühl ist. Ich zwinge mich, mich langsam von ihm zu lösen.

„Ich hole dann mal meine Jacke“, sage ich ihm
und gehe ins Schlafzimmer.

Wir gehen schweigend das Treppenhaus
herunter und fangen auch nicht an zu reden,
nachdem wir den Park erreicht haben. Es ist
einfach still. Es ist nicht unangenehm still,
sondern einfach schön. Er schaut ab und an zu
mir rüber und ich merke im Augenwinkel, dass
er jedes Mal danach grinsen muss. Was mich
auch zum Grinsen bringt.

„Was hast du dir zu Essen bestellt?“, frage ich
ihn, weil ich gerade das Verlangen habe, die
wunderschöne Stimme von diesem
wunderschönen Mann zu hören.

„Nichts Besonderes. Eine Salami-Pizza. Ich
wollte nur, dass es schnell geht und ich zu dir
kann. Ich habe nicht mal die ganze Pizza
geschafft, wenn ich ehrlich bin. Ich wollte so
schnell wie möglich zu dir kommen“, sagt er
und ich muss grinsen.

„Ich bin dir und du bist mir noch eine Frage schuldig“, sage ich ihm und schaue ihn dabei an. Er schüttelt den Kopf und fängt laut an zu lachen.

„Da hast du wohl recht. Gut, dass du es sagst. Ich hätte es wahrscheinlich vergessen. Hast du dir eine absurde und unnötige Frage überlegt?“, fragt er mich.

„Natürlich! Was denkst du denn? Ich habe Tag und Nacht damit verbracht, DIE Frage zu finden. Also gut. Bist du bereit?“, frage ich ihn und bin ein bisschen aufgeregt.

„Ja, ich bin bereit. Schieß los!“, fordert er mich auf und ich muss kurz lachen als die Frage in meinem Kopf rumschwirrt.

„Welche Superkraft hättest du gerne und was würdest du gerne damit machen?“

Er bleibt kurz stehen und schaut mich an, dann lacht er laut los.

„Super Joleen, ich merke, du hast dir Mühe gegeben und verstanden, wie das Frage-Spiel funktioniert."

Ich grinse und freue mich schon auf seine Antwort.

„Darüber habe ich tatsächlich schon nachgedacht. Also ich hätte die Superkraft mich beamen zu können. Ich würde mich jeden Tag an die schönsten Orte der Welt beamen und einfach nach Lust und Laune entscheiden, wo ich hinmöchte."

„Das ist eine super Antwort", sage ich, „wo würdest du dich jetzt hin beamen, wenn du könntest?"

„Ich glaube, jetzt würde ich mich nach Australien beamen. Nicht an den Strand und auch nicht in die Stadt", sagt er.

Ich bin ganz verwirrt.

„Warum dann Australien?", frage ich nach.

„Weil ich gerade gerne mit dir auf einer Veranda sitzen würde mit Blick auf eine

Pfirsisch-Farm. Es ist später Nachmittag und die Sonne verliert langsam ihre Wärme und wir essen reife Pfirsiche und genießen es einfach auf der Veranda am anderen Ende der Welt zu sitzen. Ein Traum, seitdem ich denken kann. Im Haus duftet es nach Pfirsichkuchen und die Kängurus laufen durch die Felder."

Er stellt sich das mit mir vor? Er könnte sich überall hin beamen und er würde mich mitnehmen?

Ich merke wieder dieses komische Gefühl in mir. Ich kann es nicht zuordnen.

„Der Gedanke ist schön, Matt. Ich finde es nett, dass ich dann dabei sein dürfte. Ich hoffe, Doppel beamen klappt auch mit deiner Superkraft. Nicht, dass ich auf halber Strecke verloren gehe."

Er lacht.

„Natürlich geht das. Sonst wäre es doch langweilig", erklärt er mir überzeugend.

„So, jetzt darfst du mir eine Frage stellen und ich muss ehrlich antworten."

Ich habe ein bisschen Angst vor der Frage. Obwohl die letzte Frage, die er mir damals gestellt hat, eigentlich ganz lustig war und ich auch direkt eine Antwort parat hatte.

„Warum wolltest du nicht mit mir essen gehen?"

Ich schaue ihn an und muss schlucken. Wieso fragt er mich das? Er sieht meine Verwirrung und versucht es zu erklären.

„Na ja, du hast dich auf irgendeine Weise gewehrt, mir zu sagen, wieso du nicht mit mir essen gehen willst und deine Stimme war ganz zittrig. Ich möchte dich nicht mit dieser Frage überfallen. Egal, vergiss es Joleen. Du musst darauf nicht antworten. Ich hätte das nicht fragen sollen."

Er senkt den Blick und geht weiter. Was soll ich tun? Soll ich antworten? Aber wie erkläre ich ihm das alles, ohne ihn abzuschrecken. Ich muss es versuchen. Er klingt enttäuscht.

„Na ja, also Matt, ich antworte dir auf diese Frage, aber bitte lach mich nicht aus."

Er bleibt stehen und schaut mich ernst an.

„Niemals würde ich lachen, Joleen!"

„Ich…ich habe Angst."

Er zieht eine Augenbraue hoch und ich merke, dass er das nicht versteht. Ich muss es genauer erklären.

„Es ist schwer zu erklären. Ich habe einfach Angst. Angst vor vielem. Angst vor fast allem. Mein Körper schafft manche Situationen nicht, ohne ihn Panik zu verfallen. Ich war seit Jahren nicht mehr in einem Restaurant essen, weil es für mich purer Stress ist. Es kostet mich viel zu viel Kraft. Ich schaffe es einfach nicht. Heute hast du mich gefragt und es wäre ja nicht nur das Restaurant gewesen, sondern auch der Fakt, dass ich einen Mann kennenlerne. Was auch purer Stress und Angst bedeutet. Ich hätte das nicht machen können. So Situationen belasten mich. Die belasten mich so sehr, dass es sein kann, dass ich Tage danach noch kränklich und erschöpft bin."

Ich atme aus und schaue ihn an. Ich weiß nicht, ob er es versteht. Sein Blick ist starr. Er schaut mir tief in die Augen. Ich kann seinen Blick nicht deuten.

„Warum hast du dich dann gezwungen, dich mit mir zu treffen?", fragt er mich und ich habe Angst, dass er das alles nicht versteht und mich jetzt abstoßend findet.

„Weil ich mich überwinden muss! Ich darf keine Angst vor solchen Situationen haben und ich muss Lösungen finden können, die es mir leichter machen. In diesem Fall war es das Spazieren. Und…und Matt, ich wollte dich endlich sehen. Ich habe das Gefühl ich kenne dich schon Ewigkeiten und wir schreiben erst seit ein paar Wochen. Ich wusste, dass wir uns irgendwann sehen müssen und es wäre immer schwer für mich, mich auf das erste Treffen vorzubereiten. Warum dann nicht heute?"

Ich lächle ihn an und versuche seine Mimik zu verstehen. Er schaut mich immer noch genauso an wie vorhin. Habe ich es mir versaut? Er senkt den Blick und schaut mich wieder an. Er breitet seine Arme aus und nimmt mich fest in den Arm. Noch intensiver und noch fester als vorhin. Ich bleibe kurz steif stehen und genieße den Druck seiner Umarmung. Ich schlinge meine Arme um seine Hüfte und habe wieder meinen Kopf auf seiner Brust liegen. Er fängt an, meinen Kopf zu streicheln.

„Joleen, ich schätze es sehr, dass du mir das gesagt hast, und ich finde es auch gut, dass du mir das gesagt hast. Danke! Und ich finde es ganz schön mutig von dir, dass du trotzdem einem Treffen zu gesagt hast. Ich kann mir vorstellen, was das für eine Überwindung war für dich. Ich bin sogar ein bisschen stolz."

Er löst die Umarmung und schaut mich lächelnd an. Er streift eine Strähne aus meinem Gesicht und legt sie hinter mein Ohr. Seine Augen sind fixiert auf meine Augen. Ich kann nicht klar denken, wenn er mich so anschaut. Was denkt er gerade?

Seine Hand streift runter von meiner Schulter und gleitet ganz langsam an meiner Hüfte vorbei zu meiner Hand. Ich habe Gänsehaut am ganzen Körper und mein Herz schlägt gegen meinen Brustkorb. Er greift meine Hand und verkreuzt seine Finger mit meinen. Er drückt zu und meine Gänsehaut hat Gänsehaut gekommen.

„Ich möchte niemals, dass du bereust, mir das gesagt zu haben. Du kannst mir alles sagen und ich höre dir immer gerne zu," sagt er mir und ich öffne meine Augen.

„Danke, Matt." Ich muss vor Erleichterung lächeln. Ich habe es ihm gesagt und es fühlt sich gut an.

Hand in Hand gehen wir langsam zurück zu meiner Wohnung. Er erzählt mir noch von New York und ich erzähle ihm von meinem langweiligen Job und der letzten Woche. Ich finde es faszinierend, dass er Fotograf ist und seine Arbeit so gut macht, dass er in New York Aufträge hat. Ich merke auch, wie glücklich ihn seine Arbeit macht, wenn er mir davon erzählt. Ich könnte ihm stundenlang zuhören.

„Danke für den tollen Abend, Joleen."
Wir stehen vor meiner Wohnungstür und er hält immer noch meine Hand fest.
„Danke Matt, dass du mich ermutigt hast, das Haus mit dir zu verlassen."
Wir lächeln uns eine Weile an und schweigen dabei. Seine dunkelbraunen Haare sind ganz zerzaust und ich würde ihm am liebsten mit der Hand durch die Haare fahren. „Gute Nacht Matt, komm gut nach Hause!", flüstere ich vor

mich hin und lasse langsam seine Hand los. Er löst sich erst nicht und gibt dann nach.

„Gute Nacht, Joleen. Schlaf gut!"

Ich schließe die Tür auf und drehe mich beim rein gehen nochmal um und Matt steht immer noch lächelnd da und schaut mich an. Ich lächle zurück und schließe die Tür. Durch mein Guckloch sehe ich, dass Matt noch kurz dasteht und dann geht. Ich atme tief ein und grinse in die Luft.

Wow.

Was für ein Abend. Mein Körper muss sich jetzt beruhigen und runterfahren. Doch eins frage ich mich. Was für ein Gefühl hat Matt in mir ausgelöst? Ich kenne das irgendwo her.

Moment.

Ich glaube, ich weiß, was für ein Gefühl das ist.

Es ist Sicherheit.

Matt gibt mir das Gefühl von Sicherheit. Das hat bis jetzt nur meine Schwester geschafft und sie hat mich im Stich gelassen. Deshalb habe ich das Gefühl vergessen, weil ich es lange nicht mehr gespürt habe. Aber ich glaube es ist wahr.

Matt gibt mir das Gefühl von Sicherheit.

„Ich bin gut daheim angekommen! Danke für den schönen Abend, Joleen. Gute Nacht :). "

Ich lese die Nachricht auf meinem Handy und kann nicht aufhören zu grinsen.

„Danke dir Matt, für den wundervollen Abend! Ich freue mich auf das nächste Mal. "

Kapitel 10

Es sind mehrere Wochen vergangen, seit dem Tag an dem Matt und ich uns das erste Mal getroffen haben. Er ruft mich jeden Abend an und kommt mehrmals die Woche vorbei für einen Abendspaziergang. Ich merke, wie ich von Tag zu Tag sicherer mit Matt werde und kann es einfach kaum glauben. Matt ist so ein unglaublich toller Mann. Er ist besonders, charmant, respektvoll und wunderschön. Ich könnte ihm den ganzen Abend nur zuhören, wenn er mir von Fotografie oder von verrückten Dingen erzählt, die er schon erlebt hat, während er auf Reisen war. Er hat mir erzählt, dass sein Kunde in New York demnächst einen Privatjet organisiert, damit

Matt flexibler ist mit dem Hin und Herreisen.
Er meinte, dass er manchmal auch eine
Begleitperson mitnehmen darf. Ich musste laut
lachen, weil er mich gerne mitnehmen würde,
aber natürlich habe ich panische Angst vor
dem Fliegen. Das habe ich ihm auch gesagt.
Ich werde von Tag zu Tag mutiger und denke
weniger nach, wenn ich vor die Tür trete. Auf
der Arbeit bin ich auch gar nicht mehr so
ungern. Ich vermute mal, da Matt meine
Gedanken 24/7 blockiert, habe ich keine
Chance mehr permanent Angst zu haben. Ich
bin heute sogar an einem Samstag vor 10:00
Uhr aufgestanden und habe es geschafft zu
duschen und mich fertig zu machen. Ich würde
Matt gerne fragen, ob er vorbeikommen
möchte, um mit mir eine Runde durch den
Park zu gehen, aber er fliegt heute Abend nach
New York und hat noch vieles zu erledigen.
Jetzt sitze ich hier in meiner Wohnung und
habe noch den ganzen Tag vor mir. Ich hatte

sogar kurz den Gedanken zu putzen. Ein ganz verrückter Gedanke, den ich direkt wieder verworfen habe.

Mein Handy vibriert.

Eine Nachricht von Matt.

„Hey Joleen:) ich habe es geschafft alles zu erledigen! Zum Glück. Ich bin jetzt im Auto auf dem Weg zum Flughafen. Ich kann es nicht glauben, dass ich einen Privatjet habe, um nach New York zu fliegen. Und weißt du was besonders cool ist? Das Auto fährt mich bis zum Flugzeug. Ich habe mich noch nie so wichtig gefühlt:D. Ich schicke dir später ein paar Fotos! Ich denke an dich. Ich melde mich, wenn ich gelandet bin mit meinem super coolen Privatjet!“

Da freut sich aber jemand auf den Flug. Es ist aber auch ein bisschen verrückt, dass er privat fliegt.

*„Ach ja, da wird ja einer zum Snob, vielleicht
hast du ja bald doch die private Insel?:D Viel
Spaß während dem Flug:) Pass auf dich auf!"*

Irgendwie bin ich jedes Mal nervös, wenn
Matt nach New York fliegt. Es ist eine lange
Strecke und der Gedanke in einem Flugzeug
eingesperrt zu sein macht es nicht besser. Aber
nicht jeder denkt so wie ich. Ich habe es ja
gelesen. Matt freut sich auf den Flug, deshalb
sollte ich mir auch keine Gedanken mehr
machen. Ich schaue runter auf mein Handy
und sehe, dass Matt eine weitere Nachricht
geschickt hat.

*„Übrigens, halte dir bitte nächste Woche
Freitag frei. Ich lande Freitagmorgen und
würde dich gerne Freitagabend entführen. Ich
habe eine kleine Überraschung für dich ;) So,*

und jetzt schalte ich mein Handy aus. Ich wünsche dir einen schönen Tag:)"

Eine Überraschung? Für mich? Was hat er vor? Oh nein, oh nein, oh nein. Ich hasse Überraschungen. Oder doch nicht? Na ja, ich kann es nicht ganz einschätzen, weil ich noch nie richtig überrascht wurde, aber es hört sich stressig an.
Na toll.
Ich werde mir jetzt jeden einzelnen Tag den Kopf zerbrechen, bis ich weiß, was es ist. Wieso will er mich überraschen?

„Das kannst du doch nicht machen! Du weißt, dass ich jetzt Tag und Nacht damit verbringen werde nachzudenken. Wie soll ich bloß schlafen? Dabei liebe ich es zu schlafen. Das ist Folter! Verrate es mir, sonst drehe ich durch :D"

Ich schreibe Matt schon ohne nachzudenken. Ich schreibe einfach drauflos und mache mir keine Sorgen was er von mir denken könnte. Na ja, manchmal mache ich mir schon Gedanken, aber meistens höre ich einfach auf mein Gefühl und mein Kopf macht Pause. Ich habe das Gefühl Matt kennt mich schon in- und auswendig. Ich brauche mich vor nichts zu schämen.

Also gut, dann muss ich mir mal was einfallen lassen, um die nächsten sechs Tage zu überleben und nicht die ganze Zeit an die Überraschung zu denken.

Kapitel 11

Freitag.

Wir haben endlich Freitag!

Matt kommt heute zurück und ich erfahre, was ich für eine Überraschung bekomme. Ich bin so aufgeregt, dass ich seit 07:00 Uhr mit offenen Augen im Bett liege und warte, dass die Zeit schneller rumgeht. Wir haben erst 10:30 Uhr. Wie soll ich das schaffen? Ich nehme mir mein Kissen und drücke es auf mein Gesicht.

„Ahhhhhhhhh."

Die letzten Tage habe ich an nichts anderes mehr gedacht.

Ich stehe auf und mache mir ganz langsam Frühstück, anschließend gehe ich ganz lange duschen und rasiere mir sogar die Beine. Ich muss mein Handy noch auf Laut stellen, damit ich mitbekomme, wenn Matt mich anruft. Zum Glück habe ich heute wieder einen freien Tag. Ich könnte mich heute auf der Arbeit nicht konzentrieren.

Vier Stunden später und ich stehe mit dem Putzeimer mitten im Wohnzimmer. Ich bin tatsächlich am Putzen. Ich kann es selbst nicht glauben. Was machst du nur mit mir, Matt? Ich höre das Klingeln von meinem Handy. Ich lasse meinen Putzlappen fallen und ziehe mir meine Putzhandschuhe mit den Zähnen aus. Mein ganzer Mund riecht jetzt nach Zitronen Frische. Riecht gut, schmeckt aber fürchterlich.

„Hallo? Hallo Matt? Wie geht es dir?", schreie ich ins Handy und merke, dass es vielleicht bisschen zu aufgeregt war.

„Hey Joleen! Schön, deine Stimme zu hören.
Mir geht es gut. Ich bin gelandet. Eben
gerade.“

Puh, bin ich erleichtert, dass es ihm gut geht.
Genug geredet, kann er mir jetzt endlich
verraten, was die Überraschung ist?

„Freust du dich schon?“, fragt er mich und ich
fange vor Aufregung an meine Fingerkuppen
auf zu piddeln.

„Ja und ich sterbe vor Neugier. Kannst du mir
sagen, was heute Abend passiert? Bitte?“

Ich höre, dass er leise lachen muss. Ich stelle
mir direkt vor wie sein markantes Gesicht
zufrieden lächelt. Ich würde sogar behaupten,
ihm gefällt es, mich zu quälen.

„Also, ich kann dir nur eins sagen. Zieh bitte
etwas an, worin du dich 100 % wohl fühlst und
ich hole dich in ungefähr drei Stunden bei dir
zu Hause ab.“

Wow, mit dieser Information kann ich nicht
viel anfangen.

„Und dann? Wo gehen wir hin?", frage ich noch schnell und merke, wie er das Handy vom Ohr nimmt und auflegt.

Ich soll mir etwas anziehen, worin ich mich wohl fühle und in drei Stunden werde ich schon abgeholt. Das könnte alles bedeuten. Ich muss mir ein Outfit raussuchen. Wenn ich etwas anziehen soll, worin ich mich wohl fühle, dann würde ich mir am liebsten ein viel zu großes T-Shirt anziehen und dazu eine bequeme Jogginghose. Am besten eigentlich gar keine Hose, sondern nur das T-Shirt. Ich kann aber keine Jogginghose anziehen, oder? Auf keinen Fall! Ich durchwühle ganz aufgeregt meinen Schrank und finde nichts zum Anziehen. Ein typisches Problem. Wenn ich nur wüsste, was wir machen.

Nach einer Weile setze ich mich auf den Boden und bin kurz davor Matt einfach abzusagen. Was ist, wenn er mich irgendwo hinbringt oder ich mich total unwohl fühle und nach Hause möchte. Er weiß zwar welche Ängste ich habe, aber kennt noch nicht alle. Wie will er auch alle kennen, wenn es zu viele gibt. Ich kann die ihm gar nicht alle aufzählen. Er würde beim Zuhören alt werden. Vor allem haben wir nur einmal über dieses Thema geredet. Vielleicht hat er das gar nicht mehr im Kopf.

Matt hat sich das bestimmt gut überlegt, was er mit mir machen will, oder? Vielleicht gehen wir auch einfach wieder in den Park und er hat etwas zu essen dabei oder was zu spielen.

Okay, der Gedanke wäre gar nicht so schlecht. Dann gebe ich der Outfit-Suche nochmal eine Chance.

Ich weiß, was ich anziehe! Ich habe noch eine Skinny Jeans ganz hinten im Schrank versteckt und dazu ziehe ich einen Pullover mit einem Blumenmuster an. Der Pullover ist sogar ein bisschen schicker geschnitten. Nicht so wie 99

% meines Kleiderschrankes. Der eigentlich nur aus schwarzen und weißen Hoodies besteht. Man, ich brauche echt mehr Farbe in meinem Kleiderschrank.

Jetzt habe ich mir ein Outfit bereitgelegt und muss noch zweieinhalb Stunden warten. Ich muss echt lernen, wie ich meine Zeit richtig investiere, wenn ich warte und nicht immer fraglos im Raum stehe.

Es ist genau 17:30 Uhr und ich sitze herausgeputzt auf einem Küchenstuhl und starre die Haustür an.

17:31 Uhr.

Hat er eine genaue Uhrzeit gesagt? Ich kann mich nicht mehr daran erinnern. Ich bin viel zu aufgeregt, das kann nicht gut gehen. Ich muss absagen. Mir ist ganz schlecht und ich schwitze. Mein Blumenoberteil hat schon große nasse Flecken unter den Achseln. Wie peinlich. Wieso sage ich ihm einfach zu, ohne zu wissen, was wir machen werden?

Aua… Mist! Mein Herz. Mein Herz sticht und ich bekomme kaum Luft. Ich muss mich beruhigen. Ich muss atmen. Einatmen, die Luft einhalten und langsam ausatmen. Los Joleen, du kannst das!

Mir kommen die Tränen. Ich muss weinen. Ich kann das nicht. Es geht einfach nicht. Ich bin nicht dafür gemacht. Ich bin ein Einzelgänger und muss es akzeptieren und aufhören andere Leute kennenzulernen. Ich mache damit nicht nur mein Leben schwer, sondern auch Matt´s. Ich bin nur eine nervige Last und stehe Anderen im Weg mit meiner Art. Kein Wunder, dass meine Schwester mich damals verlassen hat. Sie konnte es bestimmt nicht mehr ertragen meine Mutter zu pflegen und sich auch noch um meine Psyche zu kümmern. Ich sitze mit herangezogenen Knien auf dem Küchenstuhl und weine in meine

Knie. Wie soll ich erwarten, dass mich jemand mag, wenn ich mich selbst nicht leiden kann?

Ich hole mein Handy aus meiner Tasche und gehe auf den Chat von Matt und mir. Ich muss ihm absagen. Das ist zu viel für mich. Ich kann das nicht!

Es klingelt an der Tür.

Mist.

Matt ist da. Ich habe vergessen auf die Zeit zu achten. 18:00 Uhr schon. Wie lange saß ich hier? Ich hätte ihm früher schreiben sollen. Jetzt ist es zu spät. Ich kann ihn nicht mehr heim schicken.

Ich stehe auf und gehe Richtung Tür. Bleibe aber abrupt stehen.

Meine Augen, meine Schminke.

Ich bin komplett verschmiert vom Weinen. So kann ich ihm nicht gegenüber treten.

„Eh, Moment, ich mache gleich auf", schreie ich Richtung Tür und renne schnell ins Bad.

Oh Gott, wie sehe ich denn aus? Ich muss das

schnell retten. Oh nein, Matt steht vor der Tür und muss warten. Ich hätte ihn reinlassen müssen. Noch schnell neue Wimperntusche drauf und ab zur Haustür. Ich reiße die Haustür hektisch auf und sehe ihn. Er steht vor mir, lächelt und hat was in der Hand. Er hat Blumen in der Hand. Ich kann nicht erkennen, was für Blumen, aber ich weiß, dass es welche sind.

„Komm rein Matt", bitte ich ihn und er kommt rein und schließt die Tür hinter sich. Er bleibt vor mir stehen und schaut mich von oben bis unten an.

„Du siehst wunderschön aus Joleen!" Er lächelt mich an. „Danke Matt. Du… du siehst auch sehr gut aus." Das ist gelogen und untertrieben! Er sieht unfassbar attraktiv und einfach nur perfekt aus und sein Parfüm. Vanille. Süße Vanille mit einem Hauch Männlichkeit. Ich kann mich nicht satt riechen. Diesen Duft würde ich überall erkennen. Er

zieht sich die Schuhe aus und überreicht mir
den Strauß Blumen, der noch eingepackt ist.
„Hier, die habe ich dir mitgebracht. Ich hoffe,
die gefallen dir. Es sind meine
Lieblingsblumen", sagt er mir und ich öffne
das Papier am Blumenstrauß. „Matt, ich liebe
sie!", bringe ich noch gerade so zu Wort bevor
mir Tränen in die Augen schießen.
Es sind gelbe Tulpen. Wunderschöne gelbe
Tulpen. Ich habe gelbe Tulpen noch nie als so
schön empfunden wie jetzt gerade in diesem
Moment. Ich glaube es sind ab jetzt auch
meine Lieblingsblumen. Vor Freude umarme
ich ihn so stürmisch, dass er an die Haustür
prallt.
„Oh Gott. Das tut mir leid", sage ich ihm und
schaue ihn erschrocken und peinlich berührt
an. Er muss lachen und zieht mich zurück. Er
drückt mich ganze fest an sich und streichelt
meinen Kopf. „Ich habe dich vermisst,
Joleen", flüstert er mir ins Ohr. Ich muss

lächeln und habe vor lauter Freude meine Angst von vorhin schon vergessen. Er löst die Umarmung und schaut mich an.

„Du bist bildhübsch. Ich kann nicht aufhören dich anzusehen", sagt er mir und meine Wangen werden feuerrot. Ich kann nicht anders und muss wegschauen. Er findet mich bildhübsch. Das hat noch nie jemand zu mir gesagt.

Ich wende mich von ihm ab und ziehe mir meine Schuhe an.

„Verrätst du mir jetzt, was wir machen?", frage ich ihn in der Hoffnung, er erzählt es mir endlich. „Nö. Zieh deine Schuhe an und komm mit mir raus. Mein Auto steht vor der Tür. Wir müssen uns beeilen, es ist schon spät", antwortet er mir während er mir die Tür aufhält.

Moment.

Was für ein Auto? Wir fahren wohin?

Ich schaue ihn fragend an und habe dabei
vergessen mir meine Schuhe anzuziehen.
„Joleen, nicht einschlafen. Schlafen kannst du
heute Nacht. Jetzt gehst du erstmal auf ein
Date mit mir." Ein Date. Ein offizielles Date.
Ich ziehe mir noch schnell meine Jacke noch
an und gehe nach draußen. Matt steht schon
am Auto und hält mir die Tür auf, damit ich
einsteigen kann. Ein schwarzer Range Rover.
Ich würde sogar behaupten das Auto ist neu.
„Danke", sage ich ihm immer noch verwirrt
und setzte mich auf den Beifahrersitz. An den
bequemen Beifahrersitz könnte ich mich sofort
gewöhnen. „Bist du bereit loszufahren?", fragt
er mich und ich bin mir nicht sicher, was ich
antworten soll. „Ich weiß nicht so ganz. Ich
bin etwas nervös und Autofahren mag ich
eigentlich auch nicht." Er schaut mich an und
nimmt meine Hand. Er drückt fest zu und gibt
meinem Handrücken einen Kuss. „Ich bin bei
dir, Joleen. Ich fahre sehr vorsichtig und wenn

es dir doch zu viel sein sollte, sag es mir und wir fahren direkt zurück." Er drückt meine Hand noch fester. „Ich habe dich!", sagt er mir und ich merke, wie es anfängt, in mir zu kribbeln. „Okay, dann bin ich bereit!", sage ich ihm und er fährt los.

Kapitel 12

Wir fahren ganz schön lange. Kann vielleicht auch daran liegen, dass Matt sehr, sehr langsam fährt. Ich merke, dass er sich Mühe gibt, damit ich mich sicher und wohl fühle und das gefällt mir. Er hält meine Hand fest, seitdem wir losgefahren sind. Ab und zu gibt er mir einen Kuss auf meinen Handrücken und in mir kribbelt es mehr und mehr. Ich glaube, ich fange an ernste Gefühle für ihn zu empfinden. Wenn das, was ich fühle Gefühle sind.

Ich könnte ihm stundenlang beim Autofahren zu schauen. Sein Seitenprofil ist wie auch sein ganzes Aussehen einfach wunderschön. Ich

schaue ihm auf die Lippen und frage mich, wie
man so weiche, schöne Lippen haben kann.
Ich würde diese Lippen am liebsten Küssen,
aber das würde ich mich nicht trauen. Es ist zu
lange her, dass ich jemanden geküsst habe.
Aber die Lippen von Matt ziehen mich
irgendwie an. Wie ein Magnet und ich muss
meine ganze Kraft zusammensuchen, um
gegen den Magneten anzukommen
„Ist alles okay? Fühlst du dich gut, fühlst du
dich sicher?", fragt er mich.
Matt, wenn du wüsstest, wie sicher ich mich
bei dir fühle. Dein Da sein gibt meinem
Körper Signale, damit ich mich entspannen
kann. Ich muss mich nicht zwingen ruhiger zu
werden. Das passiert von ganz allein. Ich
spüre, dass du da bist und ich bin automatisch
ruhig. Mein Körper kann sich bei dir komplett
gehen lassen. Ein Gefühl, welches vor Glück,
Schmetterlinge im meinem Bauch fliegen
lässt. „Mir geht es gut. Ich fühle mich sehr

sicher", antworte ich ihm. Er lächelt mich an und lässt meine Hand los.

Das Auto ist langsamer geworden und ich habe nicht gemerkt, dass er auf einen Parkplatz gefahren ist. Er ist gerade am Einparken und ich schaue mich um, um herauszufinden wo wir sind.

Ist das ein Restaurant?

Matt. Nein.

„Bitte sag mir nicht, dass wir da essen gehen", frage ich ihn ängstlich und zeige mit dem Finger in Richtung des Restaurants.

„Ich möchte dich jetzt nicht erschrecken, aber ja. Ja, wir gehen da jetzt rein und essen gemeinsam. Wir können auch nur was trinken, falls du keinen Hunger hast." Das kann er nicht machen. Ich dachte, er versteht mich. Ich dachte, er respektiert, dass ich anders bin und das nicht kann. Wieso zwingt er mich hierhin und verrät mir nicht im Voraus, wo er hin will. Ich bekomme schwer Luft. Ich drücke die

Autotür auf und steige aus. Ich höre, wie Matt aussteigt, seine Tür zuschlägt und mir folgt. Wieso tut er mir das an? Will er sich über mich lustig machen? „Matt, das kannst du nicht machen. Ich habe dir erzählt, dass ich das nicht kann. Du wusstest das und bringst mich hierhin. Willst du dich lächerlich machen?", schreie ich ihn fassungslos an. Ich schreie ungewollt. Die Wut und die Angst in mir steuern mich. „Joleen warte. Hör mir zu! Ich weiß, dass du Angst hast. Ich weiß das und ich respektiere das. Ich würde dir auch gerne helfen, das Leben genießen zu können und dich nicht mehr von der Angst steuern zu lassen." Ich schaue ihn wütend an und will was sagen, aber er redet einfach weiter. „Joleen. Hör mir zu. Wovor hast du am meisten Angst im Restaurant?", fragt er mich. „Vor allem, Matt! Vor den Menschen, vor der Lautstärke. Davor, dass Menschen mich verurteilen und negativ über mich denken.

Warum fragst du mich das? Ich möchte hier weg, Matt." „Warte, Joleen. Ich möchte dich begleiten auf deinem Weg, damit leben zu können. Ich möchte dir eine Hilfe sein. Eine Unterstützung sein. Ich habe lange überlegt und dachte mir wir sollten ausgehen. Ich habe etwas vorbereitet. Schau es dir bitte an, bevor du wegrennst. Bitte!", er schaut mich an und streckt mir seine Hand aus. „Ich weiß, dass du Angst hast, und ich nehme es ernst. Komm bitte mit. Vertrau mir."

Ich bin im totalen Gefühlschaos und mein Herz rast. Er will, dass ich mit ihm gehe. Ich bleibe eine Weile stehen und schaue ihn an. Er merkt, wie mein Kopf am Arbeiten ist und ich überlege, was ich tun soll. Ich gehe einen Schritt auf ihn zu und gebe ihm tatsächlich langsam die Hand. Obwohl sich alles in meinem Kopf wehrt, hat mein Gefühl entschieden. Er atmet erleichtert aus und geht mit mir in Richtung Restaurant. Wir stehen vor der Tür und ich kann nicht glauben, dass ich hier stehe und ich weiß nicht, ob das so eine gute Idee war.

Was will er mir zeigen?

Er öffnet die Tür und dahinter befindet sich ein roter Vorhang. Wir stehen vor dem Vorhang und er schaut mich an. Er kommt mit dem Gesicht näher und gibt mir einen sanften Kuss auf die Wange. „Joleen, ich habe etwas für dich vorbereitet", sagt er mir und öffnet den Vorhang. Er zeigt mir mit einer Handbewegung, dass ich rein gehen soll. Ich gehe einen Schritt in das Restaurant rein und kann es nicht glauben. Ich stehe wie angewurzelt im Raum und schaue herum. Um mich herum brennen hunderte von weißen Kerzen. In der Mitte steht ein gedeckter runder kleiner Tisch. Auf dem Tisch stehen gelbe Tulpen in einer Vase. Weit und breit keine anderen Menschen.

Nur Matt und ich.

Er geht zum Tisch und zieht einen Stuhl zurück. Er deutet mir mit seinem Blick, dass ich mich setzten soll. Ich schaue ihn überfordert an und kann mich keinen Zentimeter bewegen. Er merkt das und kommt zu mir. „Hey, ist alles okay?", fragt er mich und hält meine Hände. „Ob alles okay ist? Matt was ist das hier alles?" Ich weiß nicht, ob ich noch Luft bekomme.

„DU hast mir gesagt, du möchtest nicht unter Menschen sein. Deshalb habe ich das ganze Restaurant gemietet für drei Stunden und es ist weit und breit niemand hier außer wir und der Koch. Nur du und ich. Es sind nicht mal Kellner hier. Ich wollte es so einfach wie möglich für dich machen. Der Koch hat sich bereit erklärt, das Essen zu servieren und wenn das auch zu viel für dich ist, kann ich das Essen auch in der Küche abholen und es selbst servieren. Das wäre natürlich kein Problem für mich", erzählt er mir und ich spüre, wie mir

Tränen in die Augen schießen. Ich schaffe es nicht, meine Tränen zurückzuhalten und merke, wie mir eine Träne meine Wange runter läuft. Ich möchte sie schnell wegwischen, aber Matt war schneller. Er nimmt seine Hand und legt sie auf meine Wange. „Matt, ich weiß nicht, was ich sagen soll. Ich… ich bin sprachlos. Ich…" Er beendet meinen Satz, indem er seine Finger auf meine Lippen legt. Er schaut mir tief in die Augen und streichelt mit seinem Daumen mein Gesicht. Er kommt langsam näher und ich komme ihm entgegen. Da ist er wieder. Der Magnet. Ich fühle mich so leicht. Er schaut mir noch ein letztes Mal tief in die Augen und schließt sie dann. Ich schließe meine Augen ebenfalls. Ich spüre seinen warmen Atem an meinen Lippen. Und dann passiert es. Seine weichen Lippen berühren meine. Erst streift er sie und dann küsst er mich weiter mit seinen unglaublich weichen Lippen. Er küsst mich ganz sanft und langsam. Er löst sich langsam schaut mich an und küsst mich wieder. Ich erwidere den Kuss. Ich lege meine Hände um seinen Nacken. Seine Küsse fühlen sich warm und liebevoll an. Ich bekomme nicht genug von seinen Lippen und küsse ihn immer wieder. Er fängt an zu lächeln und zieht seinen Kopf langsam zurück. Ich öffne meine Augen und realisiere, dass wir immer noch im Restaurant stehen. Meine Lippen brennen und mein Bauch kribbelt. „Komm, wir setzten uns hin. Wir haben ein leckeres Drei-Gänge-Menü vor uns", flüstert er mir zu und nimmt meine Hand. Ein letzter Kuss und dann führt er mich zum Tisch und nimmt mir meine Jacke ab. Ich kann noch nicht glauben, was hier gerade passiert. Er hat mich geküsst. Ich spüre seine Lippen immer noch auf meinen. Matt setzt sich mir gegenüber und nimmt meine Hände. Es soll meine Hände für immer halten.

„Matt. Ich bin dir so dankbar! Danke, dass du das für mich machst. Es ist… wunderschön hier. Ich kann es kaum aussprechen, aber das war eine super Idee," bedanke ich mich bei ihm und kann immer noch nicht fassen, was hier passiert. Matt grinst mich an und seine blauen Augen fangen an zu glänzen. „Hast du Hunger?", fragt er mich und ich kann nur noch nicken.

Das Dessert wurde gerade serviert und ich glaube, ich platze gleich. Ich bin satter als satt, aber ich kann nicht auf mein Schoko Küchlein verzichten. Das Essen war unfassbar lecker und ich habe mich sogar dazu entschlossen, dass der Koch uns das Essen servieren darf. Mein Blick bleibt an gelben Tulpen hängen. Ich habe noch nie darüber nachgedacht gelbe Blumen zu kaufen. Ich habe gelbe Blumen noch nie richtig wahrgenommen. Man sieht immer nur rote, pinke, weiße Blumen. Aber gelb ist was Besonderes. Vor allem Tulpen.

Gelbe Tulpen. Matt´s Lieblingsblumen und jetzt auch meine Lieblingsblumen.

„Darf ich dich noch etwas fragen, Joleen?"

„Ja klar", antworte ich ihm zufrieden und kaue genüsslich auf meinem Schoko Küchlein.

„Hast du Familie hier in Oxford?", fragt er mich und nimmt auch einen Bissen vom Küchlein. Ich schaue ihn an und höre direkt auf zu kauen. Musste diese Frage kommen? Normalerweise würde ich jetzt schwitzige Hände bekommen, Schnappatmungen und Herzrasen, aber ich bin viel zu entspannt, um mich jetzt zu stressen. Was mich überrascht. Vor allem bei dieser Frage. Meine Familie ist das letzte Thema, über das ich jetzt sprechen möchte.

„Nein, ich habe keine Familie mehr. Nicht in Oxford und auch sonst nirgends auf der Welt." Er hört auf zu kauen und ich merke, dass er bereut mich gefragt zu haben. Vielleicht habe ich zu genervt geantwortet. Ich will ihn nicht abschrecken. Ich muss es ihm wohl besser erklären. „Mein Vater ist abgehauen, als ich klein war und meine Mutter hat sich nicht mehr um meine Schwester und mich kümmern können, weil sie Alkoholabhängig war. Meine Schwester ist älter als ich und hat sich ein paar Jahre um mich gekümmert. Bis sie dann auch abgehauen ist. Ohne ein Wort zu sagen. Sie hat mich einfach im Stich gelassen und mich mit meiner kranken Mutter zurückgelassen. Sie ist von heute auf morgen einfach weg gewesen und nie wieder zurückgekommen. Ich habe keine Ahnung warum und wohin sie ist." Wenn ich daran zurückdenke, steigt Wut in mir auf und ich verstehe einfach nicht, wieso meine Schwester das getan hat.

„Und du weißt bis heute nicht, wo sie ist oder wo sie wohnt?", fragt Matt mich. Ich sehe an seinem Blick, dass er Mitleid mit mir hat. Ich mag das nicht.

„Nein. Keine Ahnung, wo sie ist, wo sie wohnt oder ob sie überhaupt noch lebt. Ich will das nicht wissen. Ich will nichts über sie wissen und ich will sie auch nicht sehen", antworte ich ihm und merke, dass meine Tonlage zu laut war.

„Oh, ich haben nicht gemerkt, wie laut ich gesprochen habe. Tut mir leid", sage ich ihm und nehme einen Schluck von meinem Wasser.

„Alles okay. Macht nichts. Ich kenne das Gefühl, wenn das Thema, über welches man redet, einen so in Rage bringt. Wenn du nicht mehr über deine Familie sprechen möchtest, ist das okay, dann sag es mir einfach," bietet er mir an und ich stimme direkt zu. „Ja, das halte ich für eine bessere Idee. Das ist meine Vergangenheit, auf die ich nicht stolz bin und an die ich nicht gerne zurück denke. Meine Vergangenheit, die mich nicht verfolgen soll. Ich lebe im Jetzt und Hier und das bist im

Moment nur du. Ich weiß nicht, wie ich das sagen soll, aber du machst mich unfassbar glücklich Matt und dafür danke dich dir", sage ich ihm und kann es kaum glauben, dass ich das gesagt habe. Matt´s Augen blitzen auf und er antwortet mir mit einem Kuss auf meine Hand. „Du machst mich auch glücklich, Joleen." Mein Herz schlägt schneller. Die Schmetterlinge in meinem Bauch fliegen so schnell, dass ich gefühlt einen Tornado in mir habe.

„So leid es mir tut, aber wir müssen uns langsam auf den Weg machen. Drei Stunden sind fast vorbei", sagt er mir und zeigt auf seine Armbanduhr.

Schade. Ich hätte hier die ganze Nacht mit Matt sitzen können. „Nagut, dann machen wir uns mal auf den Weg."

Wir sind bei meiner Wohnung angekommen und Matt öffnet mir die Autotür. Er reicht mir die Hand zur Hilfe und schließt die Tür hinter mir. Ich öffne meine Wohnungstür und drehe mich zu Matt um. Ich würde ihn am liebsten noch rein bitten, aber ich weiß nicht, ob wir den Abend nicht besser hier beenden sollten. Mein Körper war heute so vielen Gefühlen ausgesetzt, dass ich einfach nur erschöpft bin und ins Bett fallen möchte.

„Danke für den tollen Abend, Matt. Wirklich, danke! Er hätte nicht schöner sein können. Du hast es geschafft, dass ich in einem Restaurant essen war. Ich kann es immer noch nicht ganz glauben. Danke!"

„Für dich würde ich alles tun, nur damit du dich wohlfühlst, Joleen." Er kommt näher und sein Blick ist auf meine Lippen gerichtet. Ich spüre wieder den Magneten, der mich zu ihm zieht. Er presst seine Lippen auf meine und dieses Mal etwas stürmischer. Ich erwidere den Kuss und werde von Kuss zu Kuss immer gieriger. Er schmeckt nach Schokoladen

Küchlein. Ich will ihn. Ich will ihn jetzt. Ich will ihn spüren. Seine Wärme und seine Lippen auf mir spüren. Ich ziehe ihn während dem Küssen in meine Wohnung rein, doch er hört auf und schaut mich an. Er löst meine Hände von ihm und küsst mich auf die Wange. „Ich fahre jetzt heim, Joleen. Danke für dein Vertrauen. Gute Nacht, meine Hübsche. Schlaf gut." Ich schaue ihn an und nicke. „Gute Nacht, Matt. Komm gut heim und schreib mir, wenn du angekommen bist. Nochmals danke für heute."

Er lächelt mir zu und wirft mir einen Luftkuss zu. Langsam schließe ich die Tür und atme tief durch. In mir kribbelt es und ich würde am liebsten losschreien. Ich kann das alles nicht glauben. Wie habe ich ihn nur verdient. Ich bin voller Glücksgefühle. Hat er aufgehört, weil er mich nicht küssen wollte? Küsse ich schlecht? War das Date schlecht und er wollte so schnell wie möglich abhauen?

Mein Handy vibriert und ich sehe, dass ich eine Nachricht von Matt bekommen habe.

„Hey, ich bin jetzt auf dem Heimweg. Wollte dir nur kurz schreiben, wie schön ich den Abend fand. Danke, dass du mir vertraut hast. Das bedeutet mir viel. Wenn ich eben nicht aufgehört hätte, wüsste ich nicht, ob ich mich überhaupt von dir gelöst hätte. Ich glaube, es ist besser so. Wir sehen uns bald! „

Ich lese die Nachricht noch fünfmal durch und lächle jedes Mal ein bisschen mehr.
Ich glaube, ich bin verliebt.

Kapitel 13

Es sind ein paar Tage vergangen und Matt hatte leider nicht so viel Zeit, wegen der Arbeit. Er hat mich oft angerufen und er kam ab und zu vorbei für einen Spaziergang. Wenn es nach mir gehen würde, würde ich ihn jeden Tag sehen wollen. Ich bekomme nicht genug von Matt, aber das kann ich ihm nicht sagen. Nicht, dass er denkt, ich bin zu anhänglich, aber irgendwie muss ich ihm ja zeigen, dass ich ihn sehr mag.

Es ist Freitagabend und ich halte das Handy in der Hand und starre auf Matt´s Namen. Ich möchte ihn anrufen. Ich habe ihn noch nie zuerst angerufen. Es kostet mich ein bisschen

Überwindung, aber ich weiß, dass ich das will. Ich möchte ihn fragen, ob er zu mir nach Hause kommen möchte und wir einen Film schauen können. Er war noch nie richtig bei mir in der Wohnung und ich war noch nie bei ihm.

Na gut, ich mache es jetzt. Ich rufe ihn jetzt an. Ich klicke auf seinen Namen und es fängt an zu wählen. Mein Puls schießt in die Höhe, aber ich freue mich. Ich kann es kaum abwarten, seine Stimme zu hören. Ich merke, wie ich anfange an meinen Fingerkuppen zu piddeln.

„Hey Joleen. Das ist ja eine Überraschung. Ist alles gut?", geht er fragend dran. Vielleicht macht er sich Sorgen, weil ich ihn anrufe. Er kennt es nicht, dass ich anrufe.

„Hey Matt, alles gut! Ich wollte nur deine Stimme hören." Er muss lachen. Ich muss lachen.

„Das freut mich. Wie geht es dir, meine Hübsche?" Meine Hübsche. So nennt er mich seit dem Date im Restaurant. Es ist zwar kitschig, aber ich liebe es. Jedes Mal, wenn er das sagt, kribbelt es in meinem ganzen Körper und ich kann nicht fassen, was für ein Glück ich habe. Auch die Tatsache, dass ich hübsch bin oder Matt mich so sieht, lässt mich in die Luft springen.

„Mir geht es gut. Matt, ich rufe eigentlich aus einem anderen Grund an", sage ich ihm und höre seinen schweren Atem am anderen Ende.

„Ich wollte fragen, ob du heute Abend zu mir kommen möchtest, und wir schauen uns einen Film an oder bestellen uns etwas zu essen? Oder wenn du das nicht möchtest, können wir auch spazieren gehen. Du musst aber auch nicht zusagen, wenn du nicht möchtest. Das wäre auch okay."

Ich habe es geschafft. Ich habe ihn gefragt. Natürlich würde ich mich über eine Zusage mehr freuen als über eine Absage. Jetzt bin ich gespannt was er antwortet.

„Joleen, du musst dich nicht da rausreden. Ich bin froh, dass du fragst. Ich wollte dich tatsächlich das Gleiche fragen, aber ob du zu mir kommen möchtest. Ich würde mich sehr freuen. Du weißt doch, dass ich dich immer sehen möchte. Was ist dir lieber? Wollen wir zu dir oder zur mir?" Er fragt mich und ich nutze die Gelegenheit und sage ihm, dass wir uns bei ihm zu Hause treffen können. Ich wollte die ganze Zeit schon seine Wohnung sehen und schauen, wie er lebt. Hoffentlich ist das okay für ihn. Ich habe ja zuerst gefragt, ob er zu mir möchte und jetzt fahre ich doch zu ihm. Ach quatsch, er hat das doch vorgeschlagen. Aber wie komme ich dahin? Bus und Bahnfahren kommt für mich leider nicht infrage. Viel zu viele Menschen. Es ist laut und hektisch.

Eine Horror-Vorstellung.

„Matt? Willst du doch lieber zu mir? Ich weiß nicht, wie ich zu dir kommen soll, weil ich kein Bus und keine Bahn fahre. Ein Auto habe ich auch nicht. Vielleicht ist es doch besser, wenn du zu mir kommst." Es hat mich Überwindung gekostet, ihm das zu sagen, aber ich spüre, dass Matt mich für meine Art nicht verurteilt. Er versteht mich und nimmt Rücksicht.

„Ich hole dich ab! Dann fahren wir zu mir", schlägt er mir vor. Ich bin ganz überrascht. Das war eine schnelle Problemlösung.

„Wenn es für dich kein Problem ist, dann gerne."

„Natürlich ist das kein Problem für mich. Ich komme dich gegen 18:00 Uhr abholen. Ich freue mich auf dich", antwortet er mir, gibt mir einen Kuss durch den Hörer und legt auf.

Matt ist mittlerweile zu einem Hauptbestandteil meiner Gedanken geworden. Er gibt mir ein bestimmtes Gefühl, dass mich frei fühlen lässt. Ich habe etwas mehr Lebenslust bekommen und lache mehr. Ich kann es nicht glauben, dass es einen Menschen gibt, der es geschafft hat, mich schweben zu lassen. Mir gezeigt hat, geliebt zu werden und zu lieben.

Ich fange an Liebe für Matt zu empfinden und es macht mir keine Angst. Ich habe keine Angst mich zu binden, weil er mich spüren lässt, dass er mein sicherer Hafen ist. Er ist ein Teil von mir geworden. Von meinem Leben. Er ist der Teil von mir, der mich überleben lässt. Der mir hilft, auf zwei Beinen zu stehen und das nur durch seine verständnisvolle Art.

Wir haben 17:55 Uhr und es klopft an meiner Tür. Wie kann man so pünktlich sein? Ich könnte mir eine Scheibe von ihm abschneiden. Ich öffne die Tür, aber vor der Tür steht nicht Matt, sondern mein Vermieter.

„Hallo Frau Johnson. Tut mir leid für das späte
Vorbeikommen und Stören. Ich habe einen
Brief für sie und wollte diesen persönlich
übergeben. Ich war gerade in der Gegend.“
Ich schaue ihn verwirrt an. Ich habe ihn nur
zweimal gesehen, seitdem ich hier wohne.
Einmal beim Einzug und einmal, als wir einen
Rohrbruch hatten und er vorbeikommen
musste. Ich weiß auch nicht, ob ich ihn auf der
Straße erkannt hätte, aber hier vor meiner
Haustür weiß ich direkt, wer das ist.
„Hallo, ja, kein Problem. Sie stören nicht.
Kommen sie rein“, bitte ich ihn und öffne die
Tür ein Stückchen weiter.
„Nein, nein ich gehe direkt wieder. Ich wollte
ihnen nur den Brief geben. Lesen sie sich den
Brief durch und melden sie sich, wenn sie Zeit
haben.“ Ich verstehe das nicht so ganz. Warum
ist er hier? Nur wegen des Briefes? „O…okay,
ja gut mache ich, natürlich“, antworte ich und
nehme den Brief an. Ich sehe, wie Matt hinter

meinem Vermieter auftaucht und mich fragend anschaut.

„Machen Sie's gut Frau Johnson. Schönen Abend noch." Er dreht sich um und geht. „Ebenso" rufe ich noch hinterher, aber ich glaube, er hat das nicht mehr gehört. Ich nehme meinen Blick vom Treppenhaus und richte ihn zu Matt. „Hi", sagt er und kommt näher. Ich lächle ihn an und nehme seine Hand. Er nimmt mein Gesicht mit der anderen Hand und gibt mir einen sanften Kuss auf die Lippen. „Ich habe dich vermisst", flüstert er mir gegen die Lippen und küsst mich direkt noch einmal. Ich genieße jeden Kuss und jede Berührung, die ich von Matt bekomme.

„Bist du bereit?", fragt er mich und ich nicke zufrieden. Ich ziehe schnell meine Schuhe an, schließe die Tür hinter uns, nehme seine Hand und gehe mit ihm zum Auto.

Heute ist Matt irgendwie anders. Er fährt zwar langsam und vorsichtig, aber er ist irgendwie unruhig.

Ist er nervös? Warum sollte er nervös sein? Er ist doch sonst auch immer sehr entspannt. Er biegt in eine Seitenstraße ein und fährt langsamer. Er drückt auf einen Knopf an seinem Schlüsselbund und ein Tor zu einer Tiefgarage öffnet sich. Er fährt rein und stellt sich auf einen Parkplatz, bei dem ein Schild mit dem Namen „Miller" steht. Wow, er hat einen persönlichen Parkplatz mit Namen. Nicht schlecht. Vielleicht hat er doch eine Yacht und das ganze Gerede war kein Spaß. „Alles okay?", fragt er mich und schaltet das Auto aus. „Ja, alles gut. Ich freue mich deine Wohnung zu sehen." Er muss kurz lachen, aber wird direkt wieder ernst. „Ich bin ehrlich Joleen. Ich bin total aufgeregt. Ich habe noch nie eine Frau mit in meine Wohnung genommen. Du bist die erste Frau, die jemals meine Wohnung sehen wird oder zu mir nach Hause eingeladen wird. Irgendwie macht mich das nervös."

Ich muss verarbeiten, was er mir gesagt hat. Ich bin die erste Frau in seiner Wohnung? Das hätte ich nicht gedacht. Ich dachte Matt hatte schon mehrere Beziehungen und öfters Frauen bei sich. Obwohl es mich verletzt und ich das am liebsten verdrängen würde, muss es mir bewusst sein. Und ein so hübscher, sympathischer Mann, hat bestimmt öfter Dates. Anscheinend aber nicht. Fühlt sich gut an. So gut, dass ich am Lächeln bin. Matt sieht mein Lächeln und ich werde direkt wieder ernst. „Matt, wir müssen nicht zu dir gehen, wenn es dich nervös macht. Ich will, dass du dich wohlfühlst."

„Nein, du bist ein großer Teil meines Lebens geworden. Ich möchte dir meine Wohnung und mein zu Hause zeigen. Du gehörst in mein Leben und wenn du in mein Leben gehörst, musst du alles von mir kennen. So sehe ich das. Also, ich bin bereit. Willst du meine Wohnung sehen?“ Er streckt mir seine Hand entgegen und ich umfasse seine Finger. Er will los gehen, doch ich ziehe ihn an der Hand zurück und küsse ihn unvorbereitet auf den Mund. Ich gebe ihm einen Kuss nach dem anderen und kann nicht aufhören. Ich drücke meinen Körper an seinen und er erwidert jeden einzelnen Kuss von mir.

„Matt, du bist mir so wichtig geworden.“
Er hebt den Kopf und schaut mich an. Ich kann nicht glauben, dass ich das gesagt habe. Ich vergesse zu atmen und starre ihn an.
„Joleen, du hast dafür gesorgt, dass ich mich eben gerade noch ein Stück mehr in dich verliebt habe.“

Kapitel 14

Wir stehen Hand in Hand im Fahrstuhl und meine Angst vor Fahrstühlen ist wie verflogen. Ich kann gerade nicht an Angst denken. Das Einzige was ich im Kopf habe ist, dass Matt in mich verliebt ist. Er hat es gesagt. Er hat es ausgesprochen. Er ist in mich verliebt. Ein Mann, ein echter Mann ist in mich verliebt. Jemand muss mich kneifen, ich glaube ich Träume. Obwohl ich Schmerz wahrscheinlich gerade sowieso nicht wahrnehmen würde. Der Fahrstuhl bleibt stehen und die Türen öffnen sich. Ich kann meinen Augen nicht trauen. Ich gehe einen Schritt nach vorne und drehe mich im Kreis. Ich stehe in der Mitte eines großen Penthouse mit kompletter Glasfront. Es sind kaum Wände zu sehen. Es ist alles offen. Das Wohnzimmer, Esszimmer und die Küche sind ein einziger großer Raum. Im Wohnzimmer stehen große eingerahmte Bilder am Fenster angelehnt. Auf dem Esstisch steht ein Strauß gelber Tulpen.

„Wow." Mehr kann ich nicht sagen. Neben dem Fernseher ist eine Kommode, auf der drei Kameras stehen und ich vermute, dass er bestimmt noch mehr Kameras hat.

„Matt...."

„Ja, ich weiß. Es wirkt sehr groß und überwältigend, aber es ist schon sehr alt und heruntergekommen. Eigentlich muss hier einiges erneuert werden, aber ich liebe meine Wohnung so, wie sie ist, mit allen Macken und Löchern. Deshalb lasse ich es so."

„Matt… es ist... Wow." Ich habe wohl verlernt zu sprechen. Ich muss mich zusammenreißen.

„Gefällt es dir hier?", fragt er mich und ich

muss laut lachen. „Ob es mir gefällt? Matt, das
ist eine wunderschöne Wohnung. Wow!
Sind die Bilder von dir?", frage ich ihn und
zeige auf die eingerahmten Bilder, die am
Fenster stehen.
„Ja, die habe ich vor paar Jahren in New York
gemacht. Da hatte ich meine Streetfotografie
Phase. Das sind meine schönsten Bilder."
„Du hast echt Talent, Matt." Ich fange
langsam an mich zu beruhigen und starre nicht
mehr mit offenem Mund durch die Gegend.
Ich habe mir oft überlegt, wie wohl seine
Wohnung aussehen würde. Aber ich habe mir
nicht vorgestellt, dass es ein Penthouse ist.
Man sieht die ganze Stadt von hier aus.
Traumhaft.
„Komm, setz dich bitte mal auf den Sessel." Er
zeigt auf einen beigefarbenen Cord Sessel und
ich setze mich, ohne etwas zu sagen hin. Er
öffnet eine Schublade seiner Kommode und

holt ein gelb verpacktes Paket heraus. Ein Geschenk? Ich hoffe nicht für mich.

Na klar ist es für mich, für wen denn sonst. Warum überlege ich überhaupt für wen das sein könnte. Er bleibt kurz stehen und schaut auf das Geschenk in seiner Hand. Er lächelt und geht auf mich zu. „Joleen, ich habe ein kleines Geschenk für dich. Vielleicht denkst du, es ist zu kitschig, aber wir kennen uns heute genau sechs Monate und ich dachte, das verdient ein Geschenk."

Schon sechs Monate? Wahnsinn. Ich kenne Matt schon sechs Monate. Ich habe das Gefühl, die letzten sechs Monate sind verflogen. Er reicht mir das Geschenk und ich nehme es an.

„Ich habe leider nichts für dich Matt. Ich wusste nicht, dass man sich was schenkt, wenn man sich sechs Monate kennt." Ich schaue ihn an und muss lächeln. Er reibt sich über sein Gesicht und muss auch lächeln.

„Ich weiß, ich wollte dir einfach etwas
schenken und dachte, es wäre ein guter Anlass.
Pack schon aus! Ich bin ganz gespannt, was du
sagst." Ich schaue auf das Geschenk runter und
versuche zu raten, was das sein könnte. Von
der Größe her könnte ein Handy drin sein, aber
ich glaube nicht, dass er mir ein Handy
schenkt. Ich würde es auch nicht annehmen.
Denke ich zumindest.
Ich fange langsam an das gelbe Papier
einzureißen und werde von Sekunde zu
Sekunde nervöser. Was könnte das bloß sein?
Ich reiße das Papier schneller auf und sehe
darunter einen braunen Karton. Ich schaue
Matt an und er grinst mich an.
„Komm, mach es auf", sagt er und ich öffne
langsam den Karton. Ich sehe einen Brief.
Handschriftlich. Ich hole den Brief raus und
fange an zu lesen.

Liebe Joleen,

Ich bin der glücklichste Mensch auf der Erde, weil ich dich kennenlernen durfte. Einen Menschen mit Humor, Empathie und wundervollem Charakter. Du hast von Tag zu Tag einen höheren Stellenwert in meinem Leben. Ich möchte dir einfach danken, dass es dich gibt. Dass du mich damals angeschrieben hast und den Mut hattest mich zu treffen. Ich möchte dir einfach danken, dass es dich gibt und deshalb habe ich eine kleine Überraschung für dich.

Ich schaue auf und gucke Matt an. Meine Augen haben sich mit Tränen gefüllt und ich versuche mit allen Kräften meine Emotionen zu verdrängen. Ich möchte nicht, dass Matt mich weinen sieht. Er kommt näher an mich ran und gibt mir einen Kuss auf die Wange. „Lies weiter", fordert er mich auf und mein Blick wandert direkt wieder zum Brief.

Ich habe ein Haus gemietet, nur wenige Stunden von hier weg. Es ist ein verlassenes Strandhaus, ohne Nachbarn und ohne Touristen. Nächstes Wochenende.

Ich würde mich freuen, wenn du das ganze Wochenende mit mir am Strand verbringst. Wir können das ganze Wochenende im Haus bleiben oder die Gegend erkunden. So wie du es möchtest. So wie du dich wohlfühlst. Ich möchte, dass du dich entspannst und wir Zeit miteinander haben. Zeit nur für uns.

In Liebe
dein Matt

„Ja! Ja! Matt, ja, ich will mit dir fahren!" Ich stehe auf und kann meine Freude kaum unterdrücken. Ich drehe mich im Kreis und springe vor Freude in die Luft und bemerke, wie Matt mich lachend beobachtet.

„Also, ich hätte nicht erwartet, dass du dich so sehr freust, aber ich freue mich jetzt genauso." Er steht auf und springt wie ich in die Luft. Ich schaue ihn an und lache laut los. „Du bist verrückt", sage ich ihm und haue ihm leicht gegen die Brust. Er kommt näher, nimmt mich fest in den Arm und gibt mir einen langen Kuss.

„Ich kann es kaum abwarten," sagt er und ich muss nochmal in die Luft springen. Ich kann es nicht glaube, was aus meinem Leben geworden ist. Ich fahre mit einem Mann in den Urlaub. Das glaubt mir keiner. Na ja, wem soll ich das auch erzählen. Ich glaube es mir selbst kaum.

„Hast du Hunger?", fragt er mich und ich schwebe noch auf Wolke sieben. „Ich würde was zu essen bestellen, um den Abend zu feiern. Was sagst du zu Chinesisch?"

„Ja, gerne! Ich nehme gebratenen Reis und Frühlingsrollen", sage ich ihm und lasse mich auf den Sessel fallen. „Da weiß ja jemand genau, was er will“, sagt er lachend und geht in die Küche, um sein Handy zu holen. Er bestellt das Essen und ich schaue mich neugierig in der Wohnung um. Ich habe noch gar nicht das Badezimmer und das Schlafzimmer gesehen. Aber ich kann ja nicht einfach in die Zimmer gehen und mir alles anschauen, dann denkt er ich bin komplett gestört. Ich beobachte ihn und er sieht so gut aus, wenn er telefoniert. In einer Woche verbringe ich drei Tage mit diesem Mann. Ich schaue an seinem Nacken runter und betrachte seinen Rücken. Er trägt ein schwarzes T-Shirt und man sieht seine Muskeln durch das Shirt. Ich schaue weiter runter und sehe seinen Bauch. Er hebt eine Hand, um sich am Kopf zu kratzen und ich sehe jeden einzelnen Bauchmuskel.

Es fängt an, in mir zu kribbeln.

Ich möchte seinen Bauch küssen. Ich möchte ihn anfassen. Ich möchte an ihm riechen. „Sooo, Essen ist bestellt", sagt er und ich werde aus meinen Gedanken gerissen. „Sehr gut", antworte ich rasch und versuche einen klaren Gedanken zu fassen, bevor mein Blick noch weiter runter wandert und ich nicht nur seinen Bauch beobachte.

Kapitel 15

Das Essen ist da. Matt und ich können es kaum abwarten. Wir reißen die Tüte mit dem Essen auf und setzten uns direkt an den Tisch. Man, habe ich Hunger. Matt wohl auch, so hektisch wie er die Gabel sucht.

„Es sollte ein romantisches Essen werden, aber ich habe viel zu großen Hunger, um langsam zu essen", sagt er mir und lacht. Ich habe mir gerade einen großen Löffel Reis in den Mund geschoben und nicke nur zustimmend. Das schmeckt so gut. Ich muss zwischendurch den Löffel absetzten, um Luft zu schnappen. Es ist ein gutes Zeichen, dass ich vor Matt essen kann und Hunger habe. Normalerweise bin ich vor Leuten immer so nervös, dass ich nichts runter bekomme und einfach nur dasitze und mich konzentriere nicht in Panik zu verfallen. Moment. Ich kann mich gerade nicht mal daran erinnern, wann ich meine letzte Panikattacke hatte. Wahnsinn. Matt, was machst du mit mir?

Wir sind fertig mit Essen und total satt. Jetzt fühle ich mich Kugelrund. Ich hoffe, ich sehe nicht so aus.

„Lass uns auf die Couch gehen," sagt Matt und steht auf. Ich stehe schweigend auf und räume mein Geschirr zusammen und bringe es in die Küche. „Stopp! Nein, nein, nein", schreit er und ich drehe mich vor Schreck um. „Ich räume später auf. Jetzt möchte ich die Zeit mit dir verbringen." Ich schaue ihn an und lasse das Geschirr los. „Na gut, wenn du das sagst", antworte ich ihm und gehe auf die Couch. Ich lasse mich fallen und lege die Füße hoch.

Sogar die Couch riecht nach ihm. Alles hier riecht nach ihm. Ich schließe die Augen und genieße den Geruch. Der Geruch, der mich glücklich macht. Es löst Glücksgefühle in mir aus. Der Geruch von Liebe. Ich öffne die Augen und sehe, wie Matt vor mir steht und mich lächelnd beobachtet. „Du bist wunderschön", höre ich ihn leise sagen. Ich werde direkt rot und kann meine Wangen nicht mehr verstecken, damit er sie nicht sieht. Er setzt sich neben mich und fängt an meine Wange zu streicheln.

„Joleen…?" Er schaut mich an und ich vermute, er ist nervös. Sein Bein ist am Wippen und er atmet schwer ein. „Ja?" „Ich wollte dich schon viel eher fragen, aber habe mich nicht getraut. Ich wollte nichts überstürzen und dir Zeit geben. Aber ich kann nicht mehr warten."

Was möchte er mich fragen? Ich setze mich auf und schaue ihn wartend an.

„Joleen…. Willst…willst du mich als Freund haben? Möchtest du eine Beziehung mit mir? Eine feste Beziehung?" Ich erstarre. Ich habe manchmal daran gedacht, aber habe es nie angesprochen oder es von ihm erwartet. Vielleicht, weil es ziemlich gut lief und ich das Hier und Jetzt genießen wollte, ohne an die Zukunft und die nächsten Schritte zu denken. Ist ihm bewusst, was das bedeutet? Er möchte sich an mich binden. Er möchte mich an seiner Seite haben.

„Bist du dir da sicher, Matt?" Vielleicht war das nicht die beste Reaktion, aber das war das Erste, was mir in den Sinn kam.

„Und wie sicher ich mir bin! Ich will nur dich. Ich denke an die Zukunft und sehe dich an meiner Seite. Du bist besonders, Joleen." Er will es wirklich. Er will mich an seiner Seite. Er spricht von seiner Zukunft. Eine Zukunft mit mir.

„Matt, ich…will deine feste Freundin sein. Ja, ich will eine Beziehung mit dir. Ja!" Ich stehe auf und stürze mich auf ihn. Ich drücke ihn so feste ich kann an mich und küsse sein Gesicht. Ich habe einen Freund. Ich kann es nicht glauben. Ich habe einen Freund. Ich bin vergeben und nicht mehr Single. Mein Freund ist unfassbar sexy und er ist mein Freund. Mein fester Freund. Die Schmetterlinge in meinem Bauch werden immer mehr. Sie fliegen kreuz und quer und ich kann meine Gefühle nicht mehr unterdrücken. Mir kommen die Tränen.

Tränen vor Glück.

„Hey, hey Joleen. Was ist los? Wieso weinst du?" Er nimmt mein Gesicht in seine Hände und wischt mir die Tränen weg, die meine Wange runterlaufen. „Ich bin…. glücklich. Ich muss weinen, weil ich nicht weiß, was ich mit der Freude in mir machen soll." Er muss

grinsen und ich sehe, wie auch seine Augen
sich mit Tränen füllen.

„Matt ich bin so glücklich, dass es weh tut."
Matt hält mein Gesicht noch fest in seinen
Händen. Er schaut mich an und zieht mein
Gesicht an seins. Er wartet einen Moment und
küsst mich dann. Er küsst mich stürmisch und
voller Liebe. Seine Lippen sind warm. Sie
wärmen meine Lippen bei jeder Berührung
mehr und mehr. Er küsst mich anders als sonst.
Es fühlt sich gierig an und das gefällt mir. Ich
richte mich auf und setze mich auf seinen
Schoß. Er legt seine Hände um meine Taille
und greift zu, sodass ein Blitz durch meinen
Körper schießt und ich ihn gierig küsse. Ich
merke, wie es zwischen meinen Beinen heiß
wird und ich will nicht mehr länger warten.
Ich gehe mit meinen Händen unter sein
schwarzes T-Shirt und streife seine
Bauchmuskeln. Bei der Berührung durchfährt
mich ein weiterer Blitz. Ich streichle ihn am

Oberkörper und genieße die Wärme, die er abgibt. Er fühlt sich weich und warm an. Unsere Lippen lösen sich nicht mehr voneinander und das gefällt mir.

Das gefällt mir sehr.

Ich streife ihm langsam sein Oberteil zum Kopf aus. Er reagiert und hebt seine Arme. Ein Zeichen dafür, dass ich es ihm ausziehen soll. Unsere Lippen trennen sich und ich ziehe ihm sein Shirt aus und schmeiße es weg. Mein Blick wandert runter an seinem Körper. Ich versuche jeden Winkel seines Körpers zu betrachtet und kann nicht glauben, dass das gerade wirklich passiert. Ich möchte diesen Moment nie wieder vergessen. Der Mann unter mir ist mein fester Freund und ich bin seine feste Freundin. Er löst sich von mir und steht auf. Er nimmt meine Hand. „Komm mit!" Mehr sagt er nicht. Ich stehe auf und folge ihm. Wir stehen vor einer verschlossenen Tür und ich vermute es ist sein Schlafzimmer.

Er öffnet die Tür und lässt mich eintreten. Es steht ein ordentlich gemachtes, großes Bett in der Mitte des Raumes und ein schwarzer Kleiderschrank an der Wand. Mehr nicht. Er geht ans Bett und macht eine kleine Lampe an, die so viel Licht spendet, dass man sich gerade so erkennt. Ich bleibe wie angewurzelt am Bett stehen und er stellt sich vor mich. Seine Pupillen sind größer geworden.

„Darf ich dich ausziehen?", fragt er mich und gibt mir einen Kuss. Ich nicke nervös und beobachte jede einzelne Bewegung von ihm. Er kommt noch einen Schritt näher, obwohl sich unsere Körper schon berühren. Er greift mein Oberteil und streift es langsam über meinen Kopf und legt es auf das Bett. Er fährt mit seinen Fingerspitzen meinen Oberkörper entlang und mein Körper reagiert mit Gänsehaut.

Es fühlt sich so gut an.

Er kniet sich langsam hin und küsst meinen Bauch. Seine Hände sind an meinem Hosenbund. Er macht langsam den Knopf meiner Hose auf und streift die Hose runter über meinen Po und dann über meine Beine. Bis die Hose auf dem Boden liegt. Ich hole meine Beine nacheinander raus und schleuder die Hose mit einem Bein weg. Jetzt stehe ich vor ihm.

In Unterwäsche.

Und ich fühle mich wohl. Er richtet sich wieder auf und legt seine Hände auf meinen BH-Verschluss. „Darf ich?", fragt er mich. Ich nicke nur, weil ich meine Stimme verloren habe. Er öffnet langsam meinen BH und meine Brüste sind jetzt komplett entblößt. Ich stehe nur noch im Slip vor ihm. Er geht einen Schritt zurück und schaut mich genau an. „Wow! Du bist wunderschön, Joleen." Ich halte das nicht mehr aus.

In mir brodelt es.

Ich will mehr!

Ich gehe auf ihn zu und küsse ihn. Ich lege seine Hand auf meine Brust und drücke zu. Er atmet laut aus und drückt jetzt von selbst zu. Ich drehe ihn mit dem Rücken zum Bett und gebe ihm einen kleinen Schubs, sodass er auf das Bett fällt. Ich greife an seinen Hosenbund und mache den Knopf auf. Ich schaue ihn fragend an und er nickt. Er weiß genau, was ich möchte. Ich ziehe ihm die Hose aus und setze mich auf ihn drauf. Wir küssen uns und ich bekomme nicht genug von seinen Küssen. Wir drehen uns, sodass ich jetzt unter ihm liege. Seine Hand streift über meinen Körper runter zu meinem Slip. Er zieht den Slip langsam runter und fängt an mich zwischen den Beinen zu streicheln.

Ganz sanft und langsam.

Ich spüre, wie mein Becken sich bewegt und seiner Hand entgegenkommt. Er zieht die Hand zurück und zieht sich seine Boxershort aus. Er beugt sich über mich und schaut mir jetzt tief in die Augen.

„Bist du dir sicher?“, fragt er mich und streift mir eine Strähne aus dem Gesicht. „Ja. Zu 100 %!“ Er muss lächeln. „Sag mir, wenn du was nicht möchtest“, sagt er unsicher und ich lege meinen Finger auf seine Lippen, um ihm zu zeigen, dass es okay für mich ist. „Ich fühle mich wohl, Matt. Ich will das. Ich will das mehr als alles andere.“ Er muss grinsen und dann ist es so weit. Er gibt mir einen langen intensiven Kuss und fängt an. Ich gebe ein Stöhnen von mir und schaue ihn dabei an. Wir verschmelzen. Er und ich sind jetzt eins. Er schaut mir tief in die Augen und wird schneller. Ich greife gierig sein Gesicht und küsse ihn.

Ich will ihn schmecken.

Ich will ihn spüren.

Ich schließe meine Augen und versuche alles genau wahrzunehmen. Wir atmen Mund an Mund. Es ist heiß und wir schwitzen.

Er ist wunderschön.

Ich gebe mich ihm ganz hin und genieße jede einzelne Sekunde. Er packt mich am Arm und flüstert mir ins Ohr. „Du bist bildhübsch, Joleen." Ich gebe ein Laut von mir und kralle mich an ihm fest. Er legt seinen Kopf auf meine Schulter ab und sein Atem wird lauter. Er ist sanft und vorsichtig. Er gibt gleichzeitig mit mir einen lauten Laut von sich und wird wieder langsamer. Ich kann noch nicht ganz glauben, was hier gerade passiert ist.

Ich habe einen Freund.

Er küsst meine Schulter und richtet sich auf. Er legt sich neben mich und nimmt mich fest in den Arm. „Du bist so toll, Joleen. Es ist so wunderschön."

„Matt. Ich weiß nicht, was ich sagen soll. Ich bin einfach glücklich.“ Er schaut mich an und hört nicht mehr auf zu grinsen.

„Willst du heute hier schlafen?“, fragt er mich und ich bin einfach dankbar, dass er mich das fragt. „Ja, ich würde gerne hierbleiben.“ Er nimmt seine Hand und streichelt mir über die Wange. „Meine Hübsche.“ Er gibt mir einen Kuss auf die Stirn und wir schlafen ein.

Kapitel 16

Was packe ich bloß ein? Ich bin total überfordert. Ich habe keine Ahnung, wie meine Stimmung dort sein wird, deshalb habe ich auch keine Ahnung, was ich einpacken soll. Will ich nur im Haus bleiben oder auch mal in die Stadt? Vielleicht werde ich auch nur am Strand sein.

Ich nehme mein Handy in die Hand und sehe die Uhrzeit. 11:45Uhr.

Mist!

Er wollte um 12:00 Uhr hier sein.

Mist. Mist. Mist.

Ich muss mich beeilen. Ich schmeiße in der Eile einfach alles an Kleidung in den Koffer, was ich in die Hände bekomme. Noch Socken und Unterhosen, dann bin ich hoffentlich fertig.

Auf dem Weg zur Haustür bleibe ich vor meinem Spiegel im Flur stehen und betrachte mich. Ich schaue genau auf meine Figur, meine Haut, meine Haare, mein Gesicht. Umso länger ich mich betrachte, umso mehr zweifle ich daran, dass Matt mich wirklich so hübsch findet, wie er behauptet. Wie kann man mich hübsch finden? Mein Bauch ist am Schwabbeln, ich habe einen Damenbart, ein dreifaches Doppelkinn, Schrammen und Narben an meinen Beinen, dünne Lippen, schiefe Zähne. Wie kann man mich ansehen und denken „Wow, ist sie hübsch.“
Ich merke, wie meine Stimmung schlechter und schlechter wird. Ich habe mich lange nicht mehr so genau betrachtet und so viele Baustellen an mir gesehen. Wahrscheinlich sehe nur ich diese „Baustellen“. Matt hat

eigentlich mein Selbstwertgefühl in den letzten
Monaten auf das Fünffache gesteigert. Er sieht
mich an, als sei ich der schönste Mensch auf
Erden. Er sagt es mir mehrmals täglich und hat
noch nie etwas Negatives über meinen Körper
und meinen Charakter gesagt. Wieso stehe ich
dann trotzdem hier und sehe nur Schlechtes an
mir? Warum bin ich so? Mein Blick wandert
vom Spiegel rüber zum Küchentisch, auf dem
ich den Brief vom Vermieter sehe. Den Brief,
den ich noch nicht geöffnet habe. Mist.
Ich muss den Brief heute noch lesen. Ich habe
total vergessen, dass ich den habe. Die letzte
Woche war ein reines Glücksgefühl Karussell.
Ich habe an nichts anderes denken können als
an Matt und Matt und natürlich Matt. Vor
einer Woche haben wir unsere erste Nacht
gemeinsam verbracht und es folgen heute zwei
Weitere. Ich habe mich nach der Nacht, die
wir hatten, einfach frei gefühlt. Frei, leicht und
erlöst von allen Problemen. Zumindest

gedanklich erlöst von allen Problemen. Wenn ich an ihn denke, kribbelt es in meinem ganzen Körper. Ich habe sogar Muskelkater in meinem Kiefer vom ständigen Lächeln. So verrückt wie es klingt, aber das geht. Ich habe seit einer Woche einen festen Freund. Ich glaube immer noch, ich träume das alles. Ich weiß nicht was gerade mit mir passiert. Ich weiß nicht was für Auswirkungen es auf meine Psyche hat, aber so wie es sich anfühlt, mache ich riesige Fortschritte. In Matt´s Nähe bin ich ruhiger.

Es klopft an der Tür und ich muss einen kleinen Luftsprung machen. Ich freue mich so auf dieses Wochenende mit Matt. Ich renne zur Tür und öffne so schnell, dass ich fast hinfalle. „Hoppla", sage ich und versuche mich wieder richtig hinzustellen. Er steht lachend vor mir und das reicht schon, um die Schmetterlinge in meinem Bauch im Kreis fliegen zu lassen.

„Hey, meine Hübsche." Er kommt näher und gibt mir einen Kuss auf die Wange. „Bist du bereit?", fragt er mich und nimmt mich in den Arm. „Na klar. Lass mich nur schnell meine Sachen holen." Ich löse die Umarmung und hole meinen Koffer, der gepackt im Schlafzimmer steht. Auf dem Weg nach draußen drehe ich mich nochmal um, um zu schauen, ob alles ausgestaltet ist in der Wohnung und sehe wieder den Brief auf dem Küchentisch. Ich überlege kurz und gehe doch noch schnell in die Wohnung, um den Brief zu holen. Ich stecke ihn in meine Handtasche und schließe die Tür.

Kapitel 17

„Kann ich dich etwas fragen?" Die Frage von Matt hat mich aus meinen Gedanken gerissen. Wir fahren schon seit über drei Stunden und sollten laut Navi bald ankommen. Es ist wunderschönes Wetter und die Sonne scheint durch die Seitenfenster auf mein Gesicht und wärmt es. Ich vermute mal, dass meine Wangen bestimmt schon ganz rot sind.

„Ja klar. Schieß los." Ich schaue zu ihm rüber und merke, dass es ihm schwerfällt, diese Frage zu stellen. Er zögert. Ich werde etwas nervös und setzte mich aufrecht hin.

„Hast du jemals versucht deine Schwester zu kontaktieren?" Ich schaue ihn an und muss die

Frage erstmal verdauen. Das kam unerwartet.
Wir haben seit dem ersten Date nicht mehr
über meine Familie gesprochen und er hat das
Thema auch nie wieder angesprochen. Ich
hätte nicht gedacht, dass das ein Thema ist, das
ihn beschäftigt. Ich muss ehrlich sein, ich
selbst hab seitdem Tag kaum an meine Familie
gedacht. Was ein erleichterndes Gefühl ist,
mich nicht immer zu fragen, wo sie sind oder
wie es denen geht. Oder ob sie noch leben und
warum ich das alles erleben musste.
Mir wird ganz warm und ich öffne das Fenster
einen Spalt.
„Ist alles okay?", fragt er mich und schaut auf
das geöffnete Fenster. Ich nicke und schnappe
nach Luft. Ich weiß nicht, ob er das Nicken
gesehen hat, aber ich brauche kurz Luft, um
ihm antworten zu können.
„Nein. Habe ich nicht. Ich habe nie versucht,
sie zu kontaktieren. Ich habe auch nie versucht

herauszufinden, wo sie lebt oder wo sie hingezogen ist. Ich will das nicht wissen."
Ich wühle in meiner Handtasche herum und hole eine Flasche Wasser raus. Ich brauche jetzt was zum Trinken, sonst trocknet mein Hals noch aus.

„Ich verstehe das, aber hast du nicht das Verlangen zu wissen, wieso sie damals gegangen ist?" Ich verschlucke mich beim Trinken und muss kurz husten. „Matt, wieso fragst du mich das alles?" Ich schließe die Wasserflasche und schmeiße sie in den Fußraum.

„Ich musste da letztens drüber nachdenken und na ja ich würde an deiner Stelle wissen wollen, wieso sie dich verlassen hat. Es gab vielleicht einen Grund dafür. Ich weiß, ich kann nicht aus deiner Sicht sprechen, weil ich nicht in deiner Situation bin, aber vielleicht wäre das eine gute Idee sie zu finden und zu fragen? Ich stehe immer hinter dir und möchte dir bei allem helfen. Das weißt du. Es ist deine Entscheidung. Ich wollte nur wissen, ob du es schonmal versucht hast oder den Gedanken hattest."

Ich merke, wie Wut in mir aufsteigt. Meine Familie, um genauer zu sein, meine Schwester, ist ein sehr sensibles Thema für mich.

„Matt, nein! Lass das! Es ist MEINE Schwester und ICH darf entscheiden, wann, wo und ob ich sie überhaupt nochmal sehen will. Ich möchte nichts mit dieser Frau zu tun haben. Sie hat auch die Möglichkeit mich zu finden und sie hat es nie getan. Sie ist gegangen und hat sich nie wieder gemeldet. Ich will sie nicht sehen und ich will nicht an sie denken. Sie hat Mitschuld an meiner verkorksten Psyche. So Menschen will ich nicht in meinem Leben haben." Ich atme aus und drehe mich zum Fenster, um besser Luft zu bekommen. Ich bekomme aber nicht besser Luft. Im Gegenteil. Es fällt mir von Atemzug zu Atemzug immer schwerer. Ich öffne das Fenster ganz und schnalle mich ab. Ich strecke mein Kopf aus dem Fenster, aber es wird nicht besser. Ich atme lauter und hektischer und fange an zu zittern.

Ich bekomme keine Luft.

Mein Gesicht wird rot und meine Augen füllen sich mit Tränen. Mein Herz schlägt unbeschreiblich stark und ich spüre ein Stechen in meiner Brust. Matt sieht mich an und reagiert direkt. Er bremst ab und hält am Straßenrand an. Er steigt aus und rennt zur Beifahrerseite. Er öffnet meine Tür und holt mich aus dem Auto raus. Er setzt mich neben das Auto auf die Straße und setzt sich neben mich.

Ich spüre meine Hände nicht mehr. Ich habe das Gefühl, jeden Moment ohnmächtig zu werden. Ich schwitze. Mir ist schwindelig. Mein Körper braucht Sauerstoff.

Matt legt seine Beine auf meine und nimmt meinen Oberkörper fest in den Arm. Er drückt fest zu und streichelt meinen Kopf.

„Ganz ruhig, alles ist gut. Ich bin bei dir, Joleen. Ich hab dich!"

Ich höre kaum, was er sagt, aber ich spüre seinen Atem. Er atmet langsam ein und langsam wieder aus. Ich spüre seinen Atem an meinem Nacken. Ich spüre, wie seine Brust sich bei jedem Atemzug auf und ab bewegt. Er nimmt mein Gesicht in die Hände und schaut mich an.

„Joleen, atme wie ich! Hörst du mich! Versuch so zu atmen wie ich!" Ich höre ihn ganz stumpf, aber weiß, was er gesagt hat. Ich soll so atmen wie er. Es kostet mich meine ganze Energie, meine Atmung seiner anzupassen.

Es funktioniert aber.

Ich atme langsamer.

Ich atme kontrollierter. Mein Puls fährt runter und ich schaffe es tief einzuatmen. Ich spüre, wie mein Körper Sauerstoff bekommt.

Er merkt, dass ich ruhiger werde und löst sich langsam von mir. Er schaut mich kurz an und nimmt mich wieder fest in den Arm. Er hat es geschafft. Er hat mir geholfen. Er hat meine Atmung kontrolliert. Genau wie meine Schwester damals auch. Der einzige Mensch, der mir helfen konnte in solchen Situationen und Matt hat es auch geschafft. Er hat mir geholfen. Er hat es geschafft. Er wusste, wie er reagieren musste. Ich fange an, meine Hände langsam wieder zu spüren und schaffe es genug Luft zu bekommen, um meinen Körper zu beruhigen. Mein Herz schlägt langsamer und ich werde ruhiger.

„Matt…" Ich schaue ihn mit Tränengefüllten Augen an. „Nein, hör auf. Du musst nichts sagen." Er drückt mich ganz fest. „Es tut mir so leid, Joleen. Es tut mir so leid, dass ich das angesprochen habe. Ich wollte dir nicht weh tun. Es tut mir so leid." Er fühlt sich schuldig für meine Panikattacke.

„Matt… du musst dich nicht entschuldigen. Du bist nicht schuld! Im Gegenteil. Du hast geschafft, dass ich mich wieder beruhige. Das kann kein Mensch der Welt. Du hast es geschafft, weil ich dir vertraue. Ich habe dir vertraut, dass du mir helfen kannst, und du hast es geschafft. Danke Matt!" Er löst die Umarmung und schaut mich an. Ich schnappe nach Luft und fahre mir durchs Gesicht. Er hat Tränen in den Augen, aber den Ausdruck, den er in den Augen hat, kenne ich nicht. So hat er mich noch nie angeschaut. Er sieht besorgt aus. Besorgt um mich.

„Ich liebe dich, Joleen." Ich setzte mich aufrecht hin und schaue ihn mit großen Augen an.

„Was hast du gesagt?" Will er, dass ich meine nächste Panikattacke bekomme?

„Ich liebe dich, Joleen. Ich liebe dich so sehr, dass ich das nicht in Worte fassen kann.“

Er liebt mich. Er hat es gesagt. Er hat die drei magischen Worte gesagt.

Ich. Liebe. Dich.

Er hat sie mir gesagt. Meine Augen füllen sich mit Tränen und ich muss darauf achten, nicht wieder Schnappatmungen zu bekommen.

„Matt, ich… ich liebe dich auch!“ Er lächelt mich an und ich umschlinge seinen Hals. Ich umarme ihn mit solch einer Wucht, dass er rückwärts auf den Asphalt fällt und ich auf ihm liege. Ich schaue ihn an und gebe ihm einen Kuss voller Liebe.

Und da liegen wir.

Am Straßenrand auf dem Asphaltboden. Ich auf ihm und wir küssen uns. Überglücklich.

Kapitel 18

Nach einer langen Fahrt mit wenigen Unterbrechungen, sind wir endlich im Strandhaus angekommen. Ich bin die letzten Kilometer im Auto eingeschlafen, weil die Panikattacke meinem Körper so viel Kraft geraubt hat, dass meine Batterie auf Null steht. Ich würde mich gerade am liebsten ins Bett legen und schlafen, aber dafür sind wir nicht so weit gefahren. Matt und ich haben nicht mehr darüber gesprochen, was vorhin passiert war. Ich habe Angst, was er von mir denken könnte. Ich hoffe, das hat ihn nicht abgeschreckt. Es ist leider ein Teil von mir.

Früher oder später wäre es so weit gekommen, dass er diesen Teil kennenlernt.

Wir steigen aus dem Auto aus und gehen auf die Haustür zu. Das Strandhaus ist hellgrau und hat weiße Fensterrahmen. Ich kann das Meer zwar noch nicht sehen, aber ich rieche das Salzwasser und spüre den Wind in meinem Gesicht.

„Ich bin gespannt, wie es aussieht", sagt Matt zu mir und öffnet die Tür. Er tritt einen Schritt zurück und lässt mich als erstes reingehen. Ich ziehe meine Schuhe im Flur aus und lege meine Jacke ab. Der Flur ist klein und sehr dunkel. Ich gehe in das Haus rein und stehe in einem offenen Wohnzimmer mit einem riesigen Panoramafenster mit Blick auf das Meer.

„Wow." Höre ich Matt sagen, der jetzt hinter mir steht. „Ich wusste, dass es schön sein wird, aber ich wusste nicht, dass es so wunderschön ist."

Ich gehe einen Schritt zum Fenster und sehe den Strand. Kein Mensch weit und breit. Nur ein paar Möwen, die über dem Strand kreisen. Die Sonne scheint und in mir steigen Glücksgefühle auf. Ich bin dankbar hier zu sein. Ich möchte mich an jede einzelne Sekunde erinnern, die ich hier erlebe. Ich spüre Matt´s Hand an meiner Taille. Er steht hinter mir und hat mich in den Arm genommen. Er streichelt meinen Bauch und fängt an meinen Hals zu küssen. Mein Körper bekommt eine Gänsehaut. Ich muss lächeln. Seine Küsse sind sanft. Er übt kaum Druck aus. Sein Mund bewegt sich höher Richtung Wange und ist jetzt an meinem Ohr. Er beißt leicht in mein Ohrläppchen.

„Ich liebe dich", flüstert er mir leise in mein Ohr. Ein Blitz durchströmt meinen Körper. Sein Mund wandert wieder runter zu meinem Hals. Er küsst meinen Hals und dieses Mal fester als zuvor. Ich drehe mich um und schaue ihm direkt in die Augen. Das Blau in seinen Augen ist am Glänzen. Ich gebe ihm einen sanften Kuss auf seine Lippen und flüstere ihm dabei zu. „Ich liebe dich viel mehr." Ich schaue ihn dabei an und er muss grinsen. „Niemals!", antwortet er mir. Er nimmt meine Hand, gibt mir einen Kuss darauf und führt mich ins Schlafzimmer.

Kapitel 19

Es ist Morgen.

Ich öffne meine Augen und werde von der Sonne geblendet. Ich mache meine Augen direkt wieder zu und verkrieche mich unter der Decke. Ich versuche mit einer Hand Matt zu finden, doch auf seiner Seite ist es leer. Ich öffne doch meine Augen und sehe tatsächlich eine leere Bettseite. Wann ist er aufgestanden? Habe ich so tief geschlafen, dass ich nichts mitbekommen habe? Ich suche mein Handy, um auf die Uhr zu schauen, aber hab keine Ahnung, wo es ist. Ach, egal. Die Uhrzeit ist hier nicht so wichtig.

Ich strecke mich und stehe endlich auf. Ich ziehe mir schnell eine Hose an und gehe in die Küche. Wie gut es hier nach Kaffee duftet. Ich stehe in der Küche und kann es nicht glauben. Der Esstisch ist gedeckt und in der Mitte stehen natürlich gelbe Tulpen. Wow! Hat Matt das alles vorberietet? Pancakes, Rührei, Speck, frische Brötchen, Obst. Wann hat er das alles geschafft? Ich nehme mir eine Tasse, die auf dem Tisch steht und gieße mir heißen Kaffee aus der Kanne ein. Wo ist Matt? Ich gehe ins Wohnzimmer, aber da ist er auch nicht. Oder, Moment. Ich gehe an das Fenster und sehe, dass jemand am Strand ist.

Es ist Matt. Was macht er da?

Ich ziehe mir direkt meine Schuhe und eine Jacke an und gehe durch den Garten Richtung Strand. Je näher ich komme, umso besser erkenne ich, was er da macht. Er hält seine Kamera in der Hand und macht Fotos von den Möwen. Wieso sind die Möwen so nah an ihm dran? Hat er sie etwa gelockt? Ich muss laut lachen und Matt erschreckt sich.

„Guten Morgen, Langschläfer!", begrüßt er mich und reibt den Sand von seiner Hose.

„Guten Morgen, Frühaufsteher. Was machst du hier?" Ich schaue auf seine Kamera und auf die Möwe, die irgendetwas am Essen ist. „Ich hatte Langeweile während ich gewartet habe, bis du aufstehst. Dann habe ich mir ein Pancake geschnappt und die Möwen damit angelockt. Die Kamera hatte ich natürlich auch dabei, um ein paar Möwenfotos zu machen. Wer macht nicht gerne Fotos von Möwen? Willst du mal sehen?" Ich muss grinsen. Er war früher wach und hat sich eine Beschäftigung gesucht. Anstatt am Handy zu hängen oder Fernseher zu schauen, nimmt er seine Kamera und fotografiert Möwen. Wie kann man diesen Mann nicht lieben?

„Klar, möchte ich die Möwenbilder sehen." Ich drehe mich zu ihm und er zeigt mir voller

Stolz jedes einzelne Bild auf der Kamera. Ich schaue dabei sein Gesicht an und sehe die Zufriedenheit in seinen Augen. Der Anblick macht mich glücklich.

„Setz dich mal dahin!“, fordert er mich auf und zeigt auf eine Strandliege. „Wieso?“, frage ich irritiert. „Ich möchte ein Foto von dir machen.“ Ein Foto von mir? Im Schlafanzug und mit zerzausten Haaren. Auf gar keinen Fall! Ich schüttle den Kopf, doch er schaut mich mit seinen großen blauen Augen an und ich kann nicht widerstehen. „Na gut. Aber nur eins und dann gehen wir frühstücken.“ Ich setze mich nicht begeistert auf die Liege und schaue gezwungen in die Kamera. „Joleen, ein bisschen lockerer“, sagt er mir und ich verdrehe die Augen. Ich höre es klicken und genau in diesem Moment macht er ein Foto. „Perfekt“, sagt er und muss lächeln. Er nimmt die Kamera runter und schaut sich das Foto von mir an. „Ich glaube, ich habe ein neues

Lieblingsfoto." Ich stehe auf, um mir das Foto anzuschauen und muss kurz lachen. Es ist schon ein lustiges Foto. Ich, im Schlafanzug am Strand, total genervt, verdrehe die Augen und im Hintergrund fliegen Möwen über meinem Kopf.

„Das drucke ich mir aus!", sagt er lachend. Ich gebe ihm einen kleinen Schlag auf die Schulter und schaue ihn böse an. „Komm mit, Mecker-Liese, wir gehen Frühstücken. Das Essen ist bestimmt schon eiskalt", er nimmt mich in den Arm und gibt mir einen Kuss auf die Stirn. Ich muss kurz lachen und gehe mit ihm.

Mecker Liese.

Wie nett.

„Wann hast du es geschafft, das ganze Essen vorzubereiten?" Ich nehme mir noch einen Pancake und überlege schon was ich mir als nächstes nehmen soll.

„Na ja, nicht jeder schläft bis halb eins“, sagt
er und wirft mich mit einer Blaubeere ab.

„Hey, mit Essen spielt man nicht“, antworte
ich ihm und muss selber über meine Aussage
lachen.

„Wollen wir nach dem Frühstück gemütlich
am Strand spazieren gehen?“, frage ich ihn
und er nickt. „Ja, gerne! Ich nehme vielleicht
meine Kamera mit und mache noch ein paar
Fotos.“ Er schnappt sich eine Blaubeere und
wirft sie sich dieses Mal in den Mund.

Kapitel 20

Vier Stunden.

Wir waren vier Stunden am Strand spazieren.
Als ich ihn gefragt hatte, gemütlich spazieren
zu gehen, habe ich an eine Stunde gedacht,
aber nicht an vier Stunden. Ich bin platt. Ich
könnte direkt ein Nickerchen machen.

„Wollen wir heute Abend einen Film
schauen?", fragt er mich und schenkt sich ein
Glas Wasser ein. „Ja, gerne, aber ich muss
mich erst erholen, nach diesem anstrengenden
Mittag." Er lacht und setzt sich neben mich auf
die Couch.

„Hast du mein Handy gesehen?", frage ich ihn.
Ich habe es seit wir hier sind nicht mehr in der

Hand gehabt. Auch wenn mir keiner schreibt, würde ich gerne mal draufschauen. Das ist die Sucht, die aus mir spricht.

„Ich glaube, es liegt noch im Auto. Soll ich es dir holen?", fragt er mich und steht schon auf.

„Gerne. Ich glaube, ich schaffe keinen Meter mehr. Mein Körper weiß nicht, wie er bei so viel Bewegung reagieren soll." Wie man merkt, bin ich nicht die Sportlichste. Ich weiß nicht mal, wann ich das letzte mal Sport gemacht habe. Ach, ist auch nicht so wichtig. Matt kommt die Tür rein und hält mein Handy in der Hand. „Du hast fünf verpasste Anrufe", sagt er mir und kommt näher.

Fünf verpasste Anrufe? Von wem? Wer würde mich fünfmal anrufen?

Matt kommt zu mir und gibt mir mein Handy.

„5 verpasste Anrufe von Nora"

Nora?

Ich habe lange nichts mehr von Nora gehört.

Na ja, ich habe mich auch kaum bei ihr

gemeldet. Es kamen ab und zu Fotos aus Frankreich und Fotos von der Wohnung dort, aber wir haben nie telefoniert. Nicht, dasset was passiert ist. Mir gehen schon die schlimmsten Gedanken durch den Kopf.

„Die sind von Nora. Das ist meine beste Freundin, die mit mir zusammengewohnt hatte. Sie ist mit ihrem Freund nach Frankreich gezogen. Ich muss sie zurückrufen, nicht dass etwas Schlimmes passiert ist." Ich stehe auf und gehe ins Schlafzimmer. Was will sie bloß von mir?

Ich schließe die Tür hinter mir und rufe sie an. Die Nummer wählt und ich werde nervös. Vielleicht hätte ich sie mal anrufen sollen. Jetzt habe ich ein schlechtes Gewissen.

„Ja, hallo?" Sie geht dran.

Sie lebt schonmal.

Man, habe ich ihre Stimme vermisst.

„Hallo Nora, ich bin's Joleen. Du hast mich angerufen. Ist alles okay bei dir?" „OMG

Joleen. Ich freue mich so deine Stimme zu hören!" Ich muss lächeln. „ Ja, ich habe angerufen. Joleen ich wollte dich was fragen." Sie klingt so ernst. „Ich… ich muss dir was erzählen. Ich weiß, es kommt jetzt überraschend. Leon hat mir einen Antrag gemacht." Sie ist verlobt?

„Wow, Nora. Ich freue mich so für dich. Ich kann es nicht glaube. Das war doch immer dein Traum." Nora hat schon vor Jahren angefangen über ihre Hochzeit zu reden. Es gibt Menschen, die leben nur um zu heiraten und Nora ist so ein Mensch.

„Ja, ich kann es selbst kaum glauben. Ich bin überglücklich. Die Hochzeit ist schon in drei Monaten und ich wollte fragen, ob du meine Trauzeugin sein möchtest?" Nora fragt wirklich, ob ICH ihre Trauzeugin sein möchte. Ich wusste, dass ich Nora wichtig bin, aber so wichtig? Ich muss meine Tränen zurückhalten. „Nora, ja! Liebend gerne!"

„Perfekt! Ich war so aufgeregt dich zu fragen, weil wir uns lange nicht mehr gesprochen haben, aber ich wusste, dass du ja sagst." Ich lasse mich ins Bett fallen und genieße das Gefühl wichtig zu sein.

Ich bin ihr wichtig.

Sie will mich als Trauzeugin.

„Die Einladungen wurden schon verschickt. Die sollten bald da sein. Du weißt ja, es dauert immer ein bisschen aus Frankreich. Ich organisiere dir dann einen Platz direkt neben mir auf der Hochzeit. Dann können wir die Gäste beobachten und quatschen."

Oh Mist. Sie weiß nicht, dass ich einen Freund habe und dass ich eventuell nicht allein kommen werde. Ich muss ihr das sagen. Ich weiß, sie wird sich sehr freuen. Ich habe es aber noch niemandem gesagt. Irgendwie fällt es mir schwer.

„Die Hochzeit ist in Frankreich. Wir haben uns schon Locations angeschaut. Unser Favorit ist ein altes Backsteinhaus in den Weinbergen Frankreichs. Wir haben schon eine mündliche Zusage bekommen und warte nur noch auf die Schriftliche", sie redet weiter. „Nora?", unterbreche ich sie. „Ja?"

Okay. Ich sage es ihr jetzt. Ich nehme den Hörer von meinem Ohr, weil es sein könnte, dass sie los schreit. „Nora, ich komme nicht allein zur Hochzeit." Stille. Ich höre nicht mal ihren Atem.

„Ich bin vergeben. Ich habe einen Freund." Stille.

Jetzt wünsche ich mir, sie würde schreien.

„Verarschst du mich, Joleen?" Ich muss lachen. „Nein, ehrlich. Er heißt Matt und wir haben uns über eine Dating-App kennengelernt."

„Über eine Dating-App? Du und Dating-App? Ich bin mir sicher, dass du mich verarschst."

Ich verstehe, dass sie das verwirrt. Ich kann es ja selbst kaum glauben.

„Ja, ich und Dating-App. Ich weiß, es ist schwer zu glauben, aber ich bin überglücklich. Wir sind gerade in einem Strandhaus und machen Urlaub.“

Und da ist er. Der erwartete Schrei.

„Ahhhhhhhh.“ Ich nehme den Hörer von meinem Ohr und fange laut an zu lachen. Es fühlt sich gut an es jemandem zu erzählen.

„Joleen, ich freue mich so für dich! Ich schicke dir noch eine Einladung zu und schreibe seinen Namen auch drauf. Ich kann es nicht fassen. Ich muss ihn kennenlernen. Du bist einfach vergeben. Joleen du hast einen Freund.“

Ja, ich kann es selbst kaum glauben, Nora. Ich, Joleen, habe einen Freund. „Er kommt bestimmt gerne mit!“

„Das Anwesen in den Weinbergen hat Übernachtungsmöglichkeiten. Das Brautpaar und die Trauzeugen kommen zwei Tage früher und genieße die französischen Weinberge.

Natürlich kommen die Trauzeugen in Begleitung.“

„Das hört sich traumhaft schön an“, antworte ich ihr und merke, dass ich wieder an meinen Fingerkuppen kratze.

„Na ja, wir müssen auf die schriftliche Zusage der Location warten und dann kann es losgehen. Ich schicke dir alle genauen Daten noch zu. Auf der Einladungskarte steht nämlich nur der Tag. Ich hab dich lieb, Joleen!“

„Ich dich auch, Nora! Ich freue mich für dich.“ Ich beende das Telefonat und atme kurz durch. Nora heiratet und sie weiß, dass ich einen Freund habe.

Ich gehe zurück zu Matt und bleibe kurz vor ihm stehen. Er schaut mich nervös an und steht auch auf. Ich nehme seine Hände und fange an zu lächeln.

„Ich glaube, wir sind in drei Monaten in Frankreich auf einer Hochzeit“, sage ich ihm

und muss lauter lachen. „Das musst du mir
kurz erklären", bittet er mich und setzt sich
wieder hin. Ich setze mich neben ihn und
erzähl ihm die ganze Geschichte von Nora und
mir.

„Ich würde dich liebend gern auf die Hochzeit
begleiten und ich freue mich deine beste
Freundin kennenzulernen."
Matt und ich in Frankreich. In den
Weinbergen. Auf einer Hochzeit. Der Gedanke
daran lässt mein Gesicht strahlen. Aber wie
kommen wir dahin? Frankreich ist nicht
gerade um die Ecke. Darüber habe ich noch
gar nicht nachgedacht. Ich fliege auf gar
keinen Fall. Keine zehn Pferde bekommen
mich in ein Flugzeug. Dann würde ich lieber
zu Fuß gehen.
„Matt? Glaubst du, wir können mit dem Auto
dahinfahren? Ich möchte ungern fliegen",
frage ich ihn und hoffe er hat Verständnis. „Na

klar. Wenn du dich so wohler fühlst, machen wir das. Ich fahre gerne weite Strecken." Ich atme erleichtert aus. Natürlich hat er Verständnis. Er ist einfach perfekt.

Kapitel 21

Der letzte Tag im Strandhaus und ich merke, dass ich es hier vermissen werde. Es waren zwar nur drei Tage, aber es waren die schönsten drei Tage meines Lebens. Obwohl wir nicht viel gemacht haben, außer essen, liegen, spazieren und Liebe machen.
Ganz viel Liebe.
Ich habe so viele Gefühle in mir, dass ich das Bedürfnis habe zu schreien. Einfach laut losschreien bis meine Lunge platzt.
Ich liege neben Matt im Bett und schaue ihn an. Er hat noch die Augen zu und atmen leicht durch den Mund. Er ist so wunderschön. Ich liebe ihn so so so sehr. Er nimmt mir meine

Angst und gibt mir Halt. Er lässt mich

Negatives vergessen und bringt mir bei, das

Leben zu lieben. Etwas, was mir unmöglich

erschien.

Er fängt an sich zu bewegen und kuschelt sich

in die Decke ein. Ich glaube, ich lasse ihn noch

ein bisschen schlafen.

Ich stehe auf und gehe in die Küche, um mir

einen Kaffee zu machen. Ein letztes Mal den

Kaffee trinken und die Aussicht hier genießen.

Ich lasse den Kaffee durch den Filter laufen

und lausche den Geräuschen, die die Maschine

dabei macht. Mein Blick wandert zu meiner

Handtasche, die ich bei der Ankunft auf den

Boden abgestellt habe.

Mist.

Ich renne zu meiner Tasche und ziehe den

Brief raus. Der Brief des Vermieters.

Scheiße, scheiße, scheiße.

Wie konnte ich das vergessen. Ich wollte den

schon längst gelesen haben. Ich reiße den Brief

hektisch auf und schmeiße den Umschlag zurück in meine Tasche.

Sehr geehrte Frau Johnson....

Ich lasse den Brief langsam sinken und atme leise, aber schnell. Was mache ich jetzt? Ich wusste, dass das bald kommt, aber jetzt? Ich hatte die Zeit nicht im Blick.

Scheiße.

Ich höre Schritte und sehe wie Matt langsam in die Küche kommt. Er sieht mich an der Wand stehen und kann an meinem Blick deuten, dass etwas passiert ist. Er sieht es mir an, wenn etwas ist. Er kennt mich. Seine Augen nehmen den Brief wahr und er bleibt stehen.

„Was ist los, Joleen? Was ist das für ein Brief?" Er geht einen Schritt auf mich zu und nimmt mich in den Arm. „Hey? Joleen?" Ich schaue ihn an und weiß nicht, ob ich es ihm sagen soll. Er wird versuchen mir zu helfen, aber das will ich nicht. Auf gar keinen Fall.

„Matt.... Mein Vermieter. Er hat mir diesen

Brief vor Wochen gegeben und meinte ich soll ihn in Ruhe lesen. Ich habe es andauernd vergessen und aufgeschoben."

Ich atme tief ein, um nicht los zu weinen.

„Er schmeißt mich aus der Wohnung." Er lässt mich los und schaut mich verwirrt an.

„Das kann er nicht einfach so machen, Joleen. Er braucht einen Grund. Du kannst rechtlich dagegen vorgehen. Warum sollte er dich aus der Wohnung schmeißen?"

Ich gehe ein paar Schritte, um alles zu verdauen. „Matt, er hat einen Grund. Er kann mich rausschmeißen." Er kann mich rausschmeißen und ich hätte es wissen müssen. Wo zur Hölle soll ich mir jetzt eine Wohnung suchen? Er gibt mir einen Monat Zeit. Einen Monat. Welcher Vermieter würde mich aufnehmen, mit meinem jämmerlichen Job und keinen Rücklagen.

„Wieso kann er das? Was ist denn passiert?", fragt er mich und geht mir nach.

„Als Nora damals ausgezogen ist, hat sie die Miete für die nächsten Monate bezahlt. Ihren Teil der Miete. Also auch den Großteil der Miete. Ich habe immer nur die Differenz beglichen und das war nicht viel. Das Problem ist nur, ich habe vergessen, dass die Monate schon längst vorbei sind und ich seit drei Monaten keine volle Miete mehr bezahlt habe", ich muss kurz atmen. Ich bin so doof. Wieso habe ich nicht mehr darauf geachtet? „Er schreibt, dass er mir E-Mails geschickt hat mit mehreren Mahnungen und ich nicht reagiert habe. Da hat er recht. Ich checke meine Mails nie. Man, wie konnte ich so blöd sein."

„Hey, hey, hey. Du bist nicht blöd, Joleen. Hör auf dich schlecht zu reden", sagt er mir und will mich in den Arm nehmen, aber ich drehe mich weg und laufe hecktisch hin und her.

„Er schreibt, dass er trotzdem gewartet hätte. Drei Monate. Weil er weiß, dass ich es schwer habe. Woher soll er das wissen? Sehe ich so aus, als ob ich es schwer habe?

Er kann aber nicht mehr warten. Er ist auch auf das Geld angewiesen. Er hat keine andere Wahl. Ich muss den nächsten Monat raus aus der Wohnung."

Ich nehme meine Hände über meinen Kopf und fange an, schwer zu atmen.

„Joleen, wir finden eine Lösung. Es wird alles gut. Ich verspreche es dir. Ich kann dir helfen."

Ich schaue ihn an und schüttle meinen Kopf.

„Nein, nein, nein. Ich nehme kein Geld an, Matt. Nein. Ich muss es alleine schaffen. Ich bin schuld an dieser Situation." Ich gehe in die Küche, um mir Wasser einzuschenken. Ich muss mich beruhigen. Matt kommt hinterher.

„Joleen, ich möchte dir kein Geld geben."

Ich nehme einen Schluck von meinem Wasser und überlege weiter. Es muss eine Lösung geben. Ich muss es irgendwie schaffen.

„Ich will dich frage, ob du vielleicht bei mir einziehen möchtest?" Ich verschlucke mich und fange an zu husten.

Bei ihm einziehen?

„Und bitte denk jetzt nicht, ich sage das nur wegen diesem Brief. Ich habe schon auf dem Weg hier hin dran gedacht." Er nimmt meine Hände und schaut mir tief in die Augen.

„Matt… das kann ich nicht annehmen." Er gibt mir einen Kuss auf die Stirn. „Doch, das kannst du meine Hübsche. Das Wochenende hier hat mir gezeigt, dass ich dich brauche. Ich möchte dich in meiner Nähe haben. Für manche mag es zu früh sein, aber was interessieren uns die Meinungen von den anderen? Für mich ist es nicht zu früh!" Ich lege meinen Kopf auf seine Brust und denke nach. Kann ich wirklich bei ihm einziehen? Warum nicht? Es läuft in einer Beziehung eh darauf hinaus, oder? Früher oder später würde es passieren. Warum nicht jetzt?

„Okay", antworte ich ihm. Er lässt mich los und fängt an zu tanzen.

„Was machst du da?", frage ich ihn und muss laut lachen. „Ich tanze vor Freude, sieht man das nicht?" Er bewegt sich fürchterlich. Tanzen kann er schonmal nicht, aber ich könnte ihm den ganzen Tag dabei zu schauen. Ich kann nicht aufhören zu lachen und fange jetzt auch an zu tanzen. Er nimmt meine Hand und zusammen tanzen wir wie zwei verliebte Teenager durch das Haus.

„Genau das wollte ich", sagt er, „Ich wollte, dass du aufhörst dir Sorgen zu machen und einfach glücklich bist. Wir können jedes Problem lösen. Zusammen können wir alles!"

„Das hast du geschafft, ich fühle mich besser", antworte ich ihm und tanze lachend weiter.

Kapitel 22

Es ist so weit. Die Umzugskartons sind gepackt und ich stehe in meiner leeren Wohnung.

Ich kann es immer noch nicht ganz realisieren, dass ich zu Matt ziehe. Ich freue mich so sehr auf diese Zeit und glaube, es kann nur besser werden. Mit dem tollsten Mann an meiner Seite kann es nur besser werden.

Im letzten Jahr habe ich mich total verändert und erkenne mich selbst kaum wieder. Ich gebe mir sehr viel Mühe nicht mehr die alte Joleen zu sein. Ich liebe die neue Joleen. Die neue Joleen gibt mir Kraft.

Es ist schon spät. Matt sollte bald hier sein.
Das Umzugsunternehmen räumt die letzten
Kisten in den Sprinter und ich genieße noch
die letzten Augenblicke in der Wohnung. Die
Wohnung in der ich die Chance hatte, mein
Leben aufzubauen. Ich hole mein Handy raus,
um Nora ein Selfie von mir und der leeren
Wohnung zu schicken. Sie vermisst unsere
Zeit hier und ich vermisse sie auch. Ohne Nora
hätte ich es niemals in so eine Wohnung
geschafft und dafür bin ich ihr sehr dankbar.
Es klopf an der Tür und einer vom
Umzugsunternehmen steht in der Tür. „Wir
würden in fünf Minuten losfahren. Kommen
sie uns nach?", fragt er mich und ich nicke. Ich
nicke, obwohl ich nicht nicken sollte. Matt ist
noch nicht hier. Wie soll ich in die neue
Wohnung kommen ohne Matt?
Er war die letzten Tage in New York und der
Privatjet ist vor zwei Stunden gelandet.
Eigentlich sollte er schon längst hier sein.

Ich schaue ein letztes Mal in die Wohnung und
schließe die Tür mit Tränen in den Augen. Das
Kapitel ist vorbei und es beginnt ein Neues.

Ein viel besseres Kapitel.

Ein aufregendes Kapitel.

Ich gehe raus aus dem Gebäude und sehe den
schwarzen Range Rover von Matt. Er ist ja
doch schon hier. Ich schaue mich nach ihm
um, doch sehe ihn nicht. Wo ist er?

Irgendjemand tippt auf meine linke Schulter.

Ich drehe mich um und sehe Matt.

Meinen Matt.

„Hey meine Hübsche", er gibt mir einen Kuss,
„Ich habe mich etwas verspätet. Es tut mir
leid. Aber es hat einen Grund." Er hält
geschätzt 50 gelbe Tulpen in seiner Hand. Es
sind so viele Tulpen, dass ich seine Hand
kaum sehe.

„Matt…. Das hätte doch nicht sein müssen."
Er überreicht mir die Tulpen und gibt mir noch
einen Kuss. „Na klar. Die hübscheste Frau der

Welt verdient Blumen. Vor allem an so einem speziellen Tag." Ich grinse ihn an und betrachte die Tulpen in meiner Hand. Sie sind wunderschön. Danke!

Das Umzugsunternehmen stellt die letzten Kartons ab und verabschiedet sich. Die Tür geht zu und wir sind endlich alleine.
Matt und ich sind endlich alleine.
In unserer Wohnung.
„Ich brauche eine Pause", sagt er mir und ich nicke zustimmend. Ich brauche auch eine, obwohl ich nicht viel gemacht habe. Matt hat einen Grund müde zu sein, weil er vor paar Stunden noch in einer anderen Zeitzone war, aber ich hatte Ruhe. Ich habe die letzten Tage langsam die Kisten eingepackt und musste nicht mal etwas schleppen.
Er lässt sich auf die Couch fallen und betrachtet die Kartons, die im Raum stehen.

„Komm zu mir", sagt er mir und klopf mit seiner Hand neben sich auf die Couch. Ich setze mich neben ihn und lasse mich in seinen Arm fallen. „Schau dir das an", er guckt auf die Kartons, „der Tag ist endlich gekommen. Du wohnst jetzt bei mir. Oder eher gesagt, wir wohnen jetzt zusammen. Es ist nicht mehr nur meine Wohnung. Es ist unsere Wohnung. Du darfst hier alles so verändern, wie du es willst, damit du dich wohlfühlst. Ich will, dass du glücklich bist." Ich schaue die Kartons an und kann nicht glauben, dass mein ganzes Leben in diesen Kartons drin ist. Die Kartons die in meiner neuen Wohnung stehen. „Es ist perfekt hier. Ich liebe es hier und ich fühle mich sehr wohl. Ich würde eventuell noch ein paar Gardinen aufhängen und einen Teppich auslegen, aber sonst ist alles perfekt." Er grinst mich an und streichelt meine Wange. „Alles, was du möchtest, meine Hübsche."

Kapitel 23

Wir wohnen schon fast zwei Monate zusammen und ich bereue meine Entscheidung nicht. Nicht eine Sekunde. Das war das Beste, was wir hätten machen können. Ich fühle mich so glücklich wie noch nie und es wird von Tag zu Tag mehr. Ich glaube, es hat mir gut getan aus meiner alten Wohnung auszuziehen. So sehr ich sie geliebt habe, hat sie mich an sehr viele negative Dinge in meinem Leben erinnert. Wie oft ich wochenlang in meinem Zimmer versauert bin und nichts gegessen habe. Ich will da gar nicht dran denken. Ich muss da auch nicht mehr dran denken. Die

Zeit ist vorbei. Mein Leben ist jetzt lebenswert und es gibt nichts, das ich ändern möchte.

„Hey, meine Hübsche." Matt kommt die Tür rein und hat die Hände voll. „Vorsicht, sonst fällt dir gleich alles hin. Moment, ich helfe dir." Ich nehme ihm zwei Tüten ab und begrüße ihn mit einem Kuss. Er war zwar nur eine halbe Stunde einkaufen, aber ich habe ihn schon vermisst. „Hast du alles bekommen?", frage ich ihn und schaue in die Tüten.

„Natürlich! Von mir aus können wir gleich los. Ich muss nur nochmal schnell auf die Toilette." Er geht ins Bad und ich kontrolliere nochmal die Tüten, ob er ja nichts vergessen hat. Er war für mich einkaufen, so wie eigentlich jede Woche, seit wir hier wohnen. Er weiß, dass ich mich unwohl fühle in Läden und hat gesagt, er übernimmt diese Aufgabe gerne.

Die Tüten sind randvoll mit Snacks und Getränken. Er hat wirklich nichts vergessen.

Er ist einfach der Beste. Ich höre, wie die Badezimmertür sich öffnet und Matt rauskommt.

„So, jetzt bin ich bereit. Los gehts! Frankreich wartet auf uns", er gibt mir einen dicken Kuss und legt die Tüten in einen der beiden Koffer die schon gepackt an der Tür stehen. Hoffentlich habe ich nichts vergessen. „Ich hole noch schnell mein Kleid aus dem Schrak," rufe ich ihm zu und renne ins Schlafzimmer.

Da hängt es. Das Kleid, dass ich auf der Hochzeit tragen werde. Ein bodenlanges Satin-Kleid in hellem Blau. Eigentlich zu farbenfroh für mich, aber Matt hat es mir geschenkt und so schlimm finde ich die Farbe eigentlich nicht. Ich muss mich mehr trauen.

Ich nehme das Kleid am Bügel und gehe raus zum Auto, wo Matt versucht, die Koffer und die Snacks zu verstauen. Das Kleid hänge ich an einen Haken im Auto, damit es auf der langen Fahrt keine Falten bekommt.

„So, dann wollen wir mal. Morgen sind wir in Frankreich", sagt er mir und zwinkert mir zu, „Bist du bereit, Joleen?" „Aber sowas von!" Er startet den Motor, gibt mir einen Kuss und wir fahren los.

Kapitel 24

Man merkt, dass Matt sich Mühe gibt vorsichtig zu fahren, damit ich mich wohlfühle. So dauert es zwar länger bis wir ankommen, aber ich kann mich wenigstens entspannen. Ich versuche, die Fahrt zu genießen und kann es kaum abwarten, die Location für die Hochzeit zu sehen. Ich freue mich so sehr Nora endlich wiederzusehen und ihr meinen Freund vorzustellen. Ich habe Matt schon viel von Nora erzählt. Er ist sehr gespannt, sie kennenzulernen. Ich bin auch sehr gespannt darauf wie Nora reagieren wird. „Matt, hast du eigentlich Freunde hier?" Seine Hand liegt auf meinem Oberschenkel. Er

streichelt langsam mit seinen Fingern drüber.
Ich beobachte jede einzelne Bewegung und
merke, wie mir heiß wird. Seine Berührungen
lassen jedes Mal einen Blitz durch meinen
Körper schießen. Wenn er nur wüsste, wie ich
mich gerade fühle, nur weil er meinen
Oberschenkel streichelt.

„Ne. Ich habe keine Freunde mehr in
England." Nicht mehr? Was soll das bedeuten.
„Ich meine, du wohnst schon so lange hier und
hast dir auch dein eigenes Leben aufgebaut.
Da muss es doch jemanden geben, oder?",
frage ich ihn und hoffe, dass es nicht zu
unsensibel von mir war.

„Ja, du hast recht, aber ich bin eher ein
Einzelgänger. Ich lerne schnell neue Leute
kennen und habe auch keine Probleme damit,
mit Fremden zu sprechen, aber ich lasse nicht
jeden in mein Leben."

Mich hat er in sein Leben gelassen.

„Ich habe am Anfang einen Freund hier gehabt. Er war mein bester Freund. Er hat mir damals die Stadt gezeigt und mir geholfen, mich hier zurechtzufinden, als ich neu war. Er war der lustigste Mensch, den ich jemals kennenlernen durfte. Wir waren drei Jahre die besten Freunde. Er hat alles für mich getan und ich habe alles für ihn getan. Eigentlich haben wir uns auch immer alles erzählt. Er war wie ein Bruder, den ich nie hatte. Wir haben uns fast jeden Tag getroffen. Es ist kein Tag vergangen, an dem ich keinen Kontakt zu ihm hatte. “

Eigentlich? Das hört sich an, als ob etwas passiert ist. Gab es einen Streit?

„Er hat sich nach drei Jahren Freundschaft das Leben genommen.“ Ich höre auf zu atmen. Ich schaue Matt an und sehe, wie seine Augen sich mit Tränen füllen.

„Matt…. Das tut mir leid." Ich halte seine Hand fest und drücke zu. Das hört sich furchtbar an.

„Es ist schon viel Zeit vergangen und ich habe gelernt damit umzugehen. Ich habe aber nie aufgehört an ihn zu denken. Es war anfangs schwer für mich damit zu leben, aber was soll ich sagen. Das Leben geht nun mal weiter, auch wenn Menschen einen verlassen. Die Menschen, die weiterleben, bekommen die Chance weiterzumachen. Weiter zu Entdecken und diese Chance muss ich nutzen. Ich muss dankbar dafür sein, dass ich noch so viel Zeit habe schöne Momente zu erleben. Schöne Momente mit dir zu erleben. Ich weiß auch, dass er nie gewollt hätte, dass ich in Trauer versinke. Er wollte, dass ich das Leben liebe." Ich schaue ihn an und sehe, wie eine Träne seine Wange runterläuft. Er wischt sie schnell weg, damit ich sie nicht sehe.

„Wie war sein Name?", frage ich ihn und halte seine Hand noch fester.

„Nick. Er hieß Nick. Ich hätte niemals gedacht, dass es ihm so schlecht ging. Seine Eltern haben damals nichts gemerkt, von seinen Selbstmord-Gedanken. Ich war sein bester Freund. Nicht einmal ich habe etwas gemerkt. Ich war zu blind. Ich hätte es merken müssen."

„Du darfst dir keine Schuld geben, Matt. So etwas kann man selten jemanden anmerken. Sowas merkt man Menschen nur an, wenn sie wollen, dass man es weiß. Wenn die Person es nicht möchte, dann merkt man nichts. Nicht mal beim besten Freund. Du bist nicht schuld", ich weiß nicht, ob es richtig war, das zu sagen oder ob ich es damit schlimmer gemacht habe. Matt versucht zu lächeln, aber ich merke, dass es ihm schwerfällt. „Ich vermisse ihn jeden Tag. Seitdem habe ich keinen besten Freund mehr gehabt. Alle Freundschaften, die ich hier hatte, waren nur oberflächlich. Es waren Bekanntschaften, denen man mal Hallo gesagt hat, aber es war nie was Echtes", er atmet tief ein, „bis ich dich kennengelernt habe und ich das Gefühl hatte, ich habe meine zweite Hälfte gefunden. Die zweite Hälfte, die ich nicht gesucht habe, aber mein Leben lang gebraucht habe." Er schaut kurz zu mir und ich sehe noch eine Träne seine Wange runterlaufen.

„Ich liebe dich, Matt."

„Ich liebe dich viel mehr, Joleen."

„Danke, dass du das mit mir geteilt hast."

„Joleen, ich kann dir alles erzählen. Ich bin ein offenes Buch für dich. Du darfst alles von mir wissen und das weißt du. Du bist mein Leben und so wird es auch für immer bleiben. Für immer."

Kapitel 25

Wir haben 27 Grad und einen klaren, blauen Himmel. So blau wie mein Kleid.

Nach unzähligen Stunden Fahrt haben wir es endlich geschafft. Wir sind in den französischen Weinbergen angekommen. Ich habe viel geschlafen auf der Fahrt, daher bin ich fit und bereit alles hier zu sehen. Matt hingegen ist durch gefahren und bestimmt verdammt müde. Noch hat er nichts gesagt, aber man sieht es ihm an. Seine blauen Augen fangen an zu leuchten, wenn er müde wird. Es ist unfassbar süß. Das darf ich ihm aber nicht sagen. Er schämt sich, wenn ich ihn süß nenne. Wir steigen aus und holen die Koffer aus dem Kofferraum.

„Ahhhhhh, Joleeeeeeen.“

Ich drehe mich um und sehe Nora in einem
Tempo auf mich zu rennen, dass ich mich
nicht mehr retten kann. Sie springt auf mich
und wir fallen beide in die Wiese. „Du hast es
geschafft, du bist hier“, schreit sie mich an.

„Nora, du zerquetschst mich“, lache ich und
wir stehen langsam wieder auf. Ich schüttle
das Gras von meiner Hose und schaue sie an.
Ich muss lächeln und falle Nora um den Hals.
„Ich habe dich so vermisst, Nora.“ Ich drücke
sie fest und lange. „Joleen ich freue mich so
auf die kommenden Tage. Endlich haben wir
uns wieder. Ich freue mich auf den ganzen
Girls-Talk.“ Ich drücke sie noch fester.

„Hallo?“, höre ich Matt´s Stimme und zucke
zusammen. Ich lasse Nora los und drehe mich
zu Matt. Ich schaue beide abwechselnd an und
werde nervös.

Der Moment ist gekommen.

Nora lernt meinen Freund kennen.

„Matt, das ist Nora“, ich zeige auf Nora, die
Matt genau betrachtet. Matt streckt eine Hand
aus, um sie zu begrüßen, doch Nora zögert erst
und umarmt ihn dann. Sie gibt ihm einen Kuss
auf die Wange und ich sehe die Verwirrung in
Matt´s Gesicht.

„Ich freue mich sehr dich kennenzulernen
Matt. Der Mann, der es geschafft hat, Joleen
aus dem Haus zu bekommen. Du hast sie sogar
nach Frankreich bekommen.“

Ich haue Nora locker auf die Schulter und
werfe ihr einen liebgemeinten, aber bösen
Blick zu. Sie fängt laut an zu lachen.

„Kommt ihr beiden, ich bringe euch zu eurem
Zimmer, damit ihr euch ausruhen könnt. Wir
wollen uns alle um 19:00 Uhr zum
Abendessen treffen. Bis dahin könnt ihr
schlafen, die Gegend erkunden oder auch euch
gegenseitig erkunden.“

„Nora!“, rufe ich ihr zu und schaue sie entsetzt
an. „Ja, ja schon gut, ihr seid keine Kinder

mehr. Darüber kann man offen reden. Kommt mit!" Nora geht los und erwartet, dass wir ihr folgen. Matt schaut mich überfordert an und nimmt meine Hand.

„Das ist Nora", sage ich ihm und muss lachen.

„So, das ist euer Zimmer. Ihr habt ein Bad, ein großes Bett, einen Kühlschrank mit genügend Getränken und einen Balkon mit einem Blick auf die Weinberge. Ruht euch aus. Wir sehen uns später", Nora gibt mir einen Kuss auf die Wange und geht aus dem Zimmer.

Ich drehe mich zu Matt um und sehe, dass er schon auf dem Bett liegt.

„Alles okay bei dir?", frage ich ihn und lege mich dazu. „Ja, ich bin nur unfassbar müde. Ich glaube ich würde gerne ein bisschen schlafen. Dann können wir gerne die Gegend erkunden und einen kleinen Spaziergang machen."

Ich streichle seine Wange und gebe ihm einen Kuss. „Ruh dich aus, Matt. Ich lege mich in der Zeit auf den Balkon und genieße die Sonne. Ich hoffe Nora war dir nicht zu stürmisch." „Nein. Ich fand sie sehr nett. Ich glaube, sie ist eine ganz lustige Person. Sie passt zu dir." Er grinst mich an und schließt die Augen. Ich gebe ihm einen Kuss auf die Stirn und gehe raus auf den Balkon.

Kapitel 26

So langsam werden meine Wangen rot von der Sonne. Ich sollte mich vielleicht eincremen, aber ich will nicht aufstehen. Es fühlt sich so gut an einfach nur in der Sonne zu sitzen und diesen wahnsinnig schönen Ausblick zu genießen. Vom Balkon aus sehe ich die Weinberge und den Garten, in dem Nora heiraten wird. Die Arbeiter sind schon fleißig die Stühle am Aufstellen. Zwei von den Arbeitern hängen etliche Lichterketten in den Bäumen auf. Ich kann mir genau vorstellen, wie schön es hier sein wird, wenn es dunkler wird und wir hier den Abend verbringen

werden. Umrandet von tausenden kleinen
Lichtern.

„Hey.“

Ich schrecke aus meinem Tagtraum auf und
drehe mich um.

„Matt. Meine Güte. Du hast mich total
erschrocken.“ Sein Gesicht ist rot und seine
Haare zerzaust vom Schlafen.

„Tut mir leid“, er lacht, „ich habe dich schon
seit fünf Minuten beobachtet, wie du zufrieden
in den Garten schaust.“

Erwischt.

„Ja, tatsächlich. Ich schaue mir an wie alles für
übermorgen aufgebaut wird. Es ist
wunderschön. Die Location ist wunderschön.
Eine richtige Traum Hochzeit.“ Ich nehme
seine Hand und halte sie fest.

„Ja, es sieht wunderschön aus.“ Er beobachtet
die Arbeiter und muss grinsen.

„Hast du schon mal über das Heiraten
nachgedacht? Ich meine, willst du irgendwann

mal heiraten oder eher nicht? Da hat ja jeder eine andere Meinung zu", fragt er mich und schaut mich an. Gute Frage. Ich habe noch nie darüber nachgedacht. Vielleicht auch, weil ich noch nie in so einer tollen Beziehung war und es für mich nie infrage kam.

„Tatsächlich noch nie. Ich war immer damit beschäftigt über mich nachzudenken. Ich hatte keinen Platz in meinem Kopf, um über solche Sachen nachzudenken."

„Aber du schließt es nicht aus, oder?"

Wieso fragt er mich das?

„Nein, ich glaube nicht. Wenn es so weit ist, würde ich mich freuen und ich würde es auch gerne machen. Ich glaube tief in mir drin möchte ich es sogar sehr, wenn ich in den Garten schaue und sehe, wie glücklich Nora ist. Heiraten bedeutet eine eigene Familie zu haben. Eine Familie, die man sich selbst aufbaut. Man vertraut vollkommen auf seinen Partner an. Man teilt offiziell sein Leben miteinander und geht jeden Schritt gemeinsam. Man ist füreinander da und kann sich immer auf seine andere Hälfte verlassen. Also ja. Ich möchte irgendwann heiraten." Der Gedanke lässt mein Herz warm werden. Wenn ich an Heiraten denke, denke ich an eine glückliche Zukunft. Eine Zukunft, die Spaß macht. In Märchen wird am Ende immer geheiratet und danach ist das Brautpaar glücklich. Einfach glücklich. So stelle ich es mir vor. Und wenn ich es mir vorstelle, sehe ich Matt an meiner Seite. Er hätte Potenzial.

„Okay", antwortet er mir und lächelt.

Dafür, dass ich noch nie darüber nachgedacht habe, bekomme ich diesen Gedanken nicht mehr los.

„Möchtest du eine Runde spazieren gehen, bevor wir zusammen mit den anderen essen?"

Ich nicke Matt zu und bin immer noch in meinen Gedanken gefangen.

Wir machen uns schon vor dem Spazieren gehen zurecht, damit wir direkt zum Abendessen gehen können. Ich freue mich so sehr mit Nora zu sprechen und dass Matt sie kennenlernen wird.

Ich ziehe mir meine Schuhe an und öffne die Zimmer Tür. Im Flur herrscht Stille, die mich unwohl fühlen lässt in diesem riesigen Gebäude. Ich drehe mich zu Matt um, der gerade seine Schuhe anzieht und winke ihn zu mir rüber. Er versteht es natürlich direkt und steht auf. Er nimmt meine Hand und gibt mir einen Kuss. „Ich hab dich", sagt er mir und ich werde ruhig. „Komm mit, machen wir die Weinberge unsicher", er schließt die Tür und zieht mich durch den Flur. Er rennt und ich renne hinterher. Ich weiß nicht, was er macht, aber es ist einfach lustig. Ich lache mir laut die Seele aus dem Leib und schnappe nach Luft. Er bleibt stehen und schaut mich ernst an.

Seine Beine fangen an sich zu bewegen und er fängt an zu tanzen.

Oh nein.

Nicht schon wieder.

Ich schaue ihn an und muss immer mehr lachen. Ich hoffe uns sieht keiner.

Ich lasse mich auf den kalten Fliesenboden fallen und versuche Luft zu schnappen. Matt lässt sich neben mich fallen und schnappt auch nach Luft.

„Du Freak", sage ich ihm und lache weiter.

„Es hat aber geklappt. Du lachst und hast keine Angst mehr." Er grinst mich verliebt an.

„Eh… ist alles okay bei euch?" Ich höre Schritte und sehe, wie Nora fragend vor uns steht. Ich stehe auf und bringe kein Wort raus. Ich fange einfach an zu lachen und falle Nora um den Hals. Nora weiß zwar nicht was los ist, aber nimmt mich auch fest in den Arm und lacht verwirrt.

Kapitel 27

Ich habe total Hunger und bin froh, dass wir endlich am Tisch sitzen. Ich habe schon die anderen kennengelernt und bin froh, dass alle nett sind. Das war aber zu erwarten. Nora lässt keine falschen und arroganten Menschen in ihr Leben.

Ich sitze ruhig am Tisch und halte die Hand von Matt. Ich bin etwas nervös, aber es hält sich noch im Rahmen. Matt merkt das und streichelt meinen Handrücken.

Ich sitze ruhig da und beobachte das Geschehen um mich herum. Man merkt, dass Nora aufgeregt ist. Sie ist ganz unruhig und redet mit allen gleichzeitig, um niemanden zu vernachlässigen. Typisch Nora.

Leon sitzt ganz entspannt neben Nora und trinkt genüsslich seinen Wein.

Es wird ruhiger und ich sehe, dass endlich das Essen kommt. Mein inneres Kind schreit vor Freude. Ich muss mich zusammenreißen, nicht alles mit einem Happen zu verschlingen.

Nach dem Essen verlieren sich alle in Gesprächen und ich höre einfach nur zu. Ich habe nicht so die Lust Smalltalk zu halten.

Matt ist vor ein paar Minuten aufgestanden, um auf die Toilette zu gehen und ich werde ganz unruhig. Daran merkt man, dass ich sehr an Matt hänge. Mein Selbstbewusstsein an Matt hängt. Wenn mein sicherer Hafen mich alleine lässt, werde ich unruhig. Zwar nicht so schlimm wie damals, aber ähnlich.

Ich schaue mich um und hoffe, dass Matt die Tür reinkommt, aber er ist immer noch nicht da. Vielleicht setze ich mich zu Nora und quatsche ein bisschen mit ihr.

Aber… wo ist Nora?

Hm, wahrscheinlich etwas erledigen. Bei dem Stress, den sie hat, gibt es immer etwas zu tun.

Es vergehen 15 Minuten und immer noch keine Nora und kein Matt in Sicht. Ich glaube, ich schaue mal nach Matt.

Auf dem Weg zum Bad höre ich zwei Stimmen. Matt mit einer Frauenstimme.

Nora. Es ist Noras Stimme. Sie flüstern und man kann nicht verstehen, worum es geht. Ich gehe um die Ecke und sehe beide sehr nah aneinander stehen. Matt erklärt ihr anscheinend etwas und Nora hat ihre Hände auf seinen Schultern liegen. Wieso hat sie ihre Hände auf seinen Schultern?

Was passiert hier?

Ich komme näher und Noras Blick fällt auf mich. Sie lässt Matt sofort los, geht auf mich zu und begrüßt mich.

„Was ist hier los? Wo seid ihr denn die ganze Zeit?", frage ich die beiden und versuche zu verstehen was hier gerade passiert.

„Wir haben ein bisschen geredet. Matt ist ein toller Mann. Guter Fang, Joleen." Nora streichelt meine Schulter und verschwindet hinter mir. War Nora anders oder bilde ich mir das ein?

„Matt?" Ich schaue ihn an und verstehe immer noch nichts. Irgendwie gab mir die Situation ein komisches Gefühl. Das sah nicht aus wie ein normales Kennenlerngespräch. Oder bilde ich mir das ein? Ich bin verwirrt. Vielleicht bin ich auch einfach nur dramatisch.

„Worüber habt ihr geredet?", frage ich ihn und versuche mich selbst zu beruhigen in dem ich langsame atme. „Über nichts Besonderes. Über Dies und Das." Ich merke, dass Matt nervös ist. Er ist unruhig. Er weicht meinem Blick aus. Das hat er noch nie getan. Das bilde ich mir nicht ein.

Was ist hier los?

„Matt?"

„Joleen, es ist alles gut. Wir haben nur gesprochen. Du wolltest doch, dass wir uns kennenlernen. Komm wir gehen zurück zu den Leuten."

Ich bleibe wie angewurzelt stehen. Ich muss ihm glauben. Ich darf mich nicht verrückt machen. Es ist alles gut! Das hat Matt mir gesagt, dann muss es stimmen.

„Okay", lächle ich ihn an, „Ich werde aber bald ins Zimmer gehen. Ich bin müde."

„Ich komme dann mit", sagt er mir und nimmt mich in den Arm.

Im Zimmer angekommen, ziehe ich endlich meine schicken Klamotten aus und schminke mich ab. Matt ist immer noch sehr komisch zu

mir und war den ganzen Abend ungewöhnlich
unruhig.

Ich gehe fertig zum Bett und schmeiße mich in
Matt´s Arme. Ich versuche einfach zu
vergessen, was da war zwischen Matt und
Nora. Da war nicht mal was.

„Endlich Ruhe“, sage ich und atme lange aus.

„Da hast du recht. Ich bin total platt“,
antwortet Matt mir und gibt mir einen Kuss.

„Hast du Lust morgen ein Picknick in den
Weinbergen zu machen?“, fragt er mich und
ich nicke noch lächelnd, bevor ich einschlafe.

Ich öffne meine Augen und es ist dunkel. Ich
höre die Tür. Ich setze mich direkt auf und
taste nach Matt. Aber ich finde keinen Matt.
Ich knipse das Licht an und sehe, wie Matt
versucht leise ins Zimmer zu schleichen. Wir
haben drei Uhr morgens. Wo war er?

Es schaut mich ertappt an und zieht sich schnell die Schuhe aus. Er legt sich neben mich, während ich noch aufrecht im Bett sitze.

„Wo zur Hölle warst du, Matt?". Mein Puls schlägt schneller und ich spüre wieder das ungute Gefühl in mir.

„Ich konnte nicht schlafen und bin kurz raus an die Luft gegangen. Du hast so fest geschlafen, ich wollte dich nicht wecken."

„Du warst draußen?"

Ich verstehe das alles nicht. Was ist heute los mit ihm?

„Matt. Warum bist du so komisch, seit du mit Nora gesprochen hast?"

Er setzt sich auf und reibt sich mit den Händen über das Gesicht.

„Es ist nichts, Joleen, habe ich dir doch schon gesagt. Ich weiß nicht, was du meinst. Beruhig dich bitte und lass uns schlafen."

Wie bitte?

„Ich mich beruhigen? Matt, seit wann redest du so mit mir? Erst erwische ich dich und Nora flüsternd in einer Ecke und jetzt verschwindest du nachts, ohne ein Wort zu sagen. Ich beruhige mich nicht!"

Ich stehe auf, gehe ein paar Schritte, weil ich merke, dass ich mich gerade sehr in das Alles reinsteigere. „Joleen, hör auf damit! Ich weiß nicht, was du denkst oder was du siehst, aber du interpretierst alles falsch. Man kann sich auch alles schlechtreden, wenn man es will. Es ist nichts!"

Er steht auch auf und geht auf mich zu. Ich merke seine Nervosität.

„Warum bist du gerade so zu mir, Matt?"

Meine Augen füllen sich mit Tränen, weil ich mit solchen Situationen nicht umgehen kann. Es ist unsere erste Diskussion und es gefällt mir gar nicht. Ich weiß nicht, wie ich damit umgehen soll.

„Joleen, lass uns bitte schlafen gehen."

Ich schaue ihn an und schütte den Kopf. Ich setze mich auf das Sofa neben dem Bett und fange an nachzudenken. „Joleen bitte."

„Nein Matt, ich möchte heute hier schlafen. Ich möchte nicht mehr diskutieren. Lass uns morgen weiterreden."

Das ist zu viel für mich. Ich steigere mich in etwas rein, dass ich mir eventuell sogar einbilde. Ich muss mich beruhigen. Es fällt ihm sehr schwer, aber er gibt mir den Raum und lässt mich in Ruhe. Ich lege mich auf das Sofa, drehe mich auf die Seite und versuche meine Tränen zu unterdrücken, aber ich schaffe es nicht.

Kapitel 28

Die Nacht war kurz.

Ich habe es nicht geschafft, meine Gedanken abzustellen. Ich muss mit Matt sprechen.

Er war die ganze Nacht auch total unruhig und hat sich im Bett nur hin und her gewälzt. Er ist vor ungefähr einer Stunde ungefähr aus dem Zimmer gegangen und nicht mehr wieder gekommen.

Eine ganze Weile liege ich regungslos im Bett und starre an die Decke. Das weckt Erinnerungen in mir. Die Tief Phase, die ich hatte, in der ich jeden Tag so auf dem Bett lag. Nur, dass es dieses Mal mehr schmerzt. Er tut höllisch weh. Ich habe Angst Matt zu verlieren.

Ich muss mich beruhigen.

Die Türklinke bewegt sich plötzlich und Matt kommt langsam rein. Ich schaue ihn an und hoffe, dass er mich auch anschaut.

Er tut es.

Er schaut mich an und lächelt leicht. In seiner Hand hält er einen Korb. Einen Picknickkorb? Er hatte mich gestern gefragt, ob wir picknicken wollen und ich habe ja gesagt. Ich hätte nicht gedacht, dass das noch stattfinden wird.

„Hey…. Wie gehts dir?", fragt er mich und kommt näher. Mit jedem Schritt, den er macht, erkenne ich, was in dem Korb ist. Ich sehe eine Weinflasche und zwei Weingläser. Ich sehe ein Baguette eingewickelt in einem Tuch und ein Glas Oliven. Wenn ich mich nicht täusche, liegt eine Salami neben dem Baguette.

Es ist noch mehr drinnen, aber ich schaue jetzt zu Matt.

„Es geht. Ich habe kaum geschlafen."

Sein Blick fragt mich, ob er sich neben mich setzen darf und ich nicke.

„Joleen. Es tut mir leid. Was auch immer du denkst oder vermutest, es ist nicht so. Ich verspreche es dir! Ich weiß, es ist alles etwas komisch, wenn man es sich durch den Kopf gehen lässt, aber ich würde nie etwas machen, dass dich von mir trennt. Ich hoffe, du weißt das."

Er bewegt seine Hand langsam zu meiner und greift vorsichtig nach meinen Fingern.

„Es tut mir auch leid, Matt. Ich reagiere in solchen Situationen über, weil in meinem Kopf die schlimmsten Sachen passieren. Irgendwann denke ich meine Gedanken sind wahr und dann kann ich mich nicht mehr beruhigen."

Ich greife jetzt auch nach seiner Hand. Ich weiß nicht, was ich fühlen soll.

„Matt, ich hatte das erste Mal Angst, dich zu verlieren. Ich dachte, das erste Mal, du lügst mich an. Wenn man mich anlügt, besteht kaum noch eine Chance, dass ich es verzeihe oder vergesse. Es wird immer in meinem Kopf bleiben. Der Gedanke, dass der wichtigste Mensch in meinem Leben mich anlügt oder sich sogar von mir trennt, hat… hat einfach verdammt weh getan." Mir läuft eine Träne über die Wange und Matt wischt sie direkt weg. Ich sehe in seinem Blick, dass es ihn auch verletzt.

„Ich wollte dir nie weh tun. Ich kann dich so nicht sehen. Joleen, ich lasse dich nie wieder los. Ich werde dich nicht gehen lassen und ich werde dich niemals allein lassen. Ich brauche dich!" Er streichelt meine Wange und so langsam fühle ich mich erleichtert. Ich bin sauer auf mich selbst, weil ich so etwas denken konnte und, weil ich den Abend gestern versaut habe. Ich bin so ein Idiot. „Ich habe alles für unser Picknick vorbereitet. Du musst dich nur noch anziehen und dann können wir los. Ich weiß auch schon, wohin wir gehen. Willst du noch mit mir picknicken?", fragt er mich und ich lächle. Ich gebe ihm einen sanften Kuss auf die Lippen und flüstere ihm ein „Ja" zu. Ich merke an meinen Lippen, dass er grinsen muss und gebe ihm direkt noch einen Kuss.

Kapitel 29

Wir gehen schon seit 25 Minuten durch die Weinberge. Ich bin gespannt, wo er mich hinbringt. Er schleppt den ganzen Weg schon diesen voll bepackten Korb und lässt sich nicht dabei helfen. Ich glaube, ich würde eh keinen Meter mit disem Korb schaffen, so groß und voll, wie er ist.

„Ich möchte, dass du heute einen schönen und entspannten Tag hast. Ich habe einen Plan für heute", erzählt er mir.

Einen Plan? Da bin ich ja gespannt.

„Also, wir essen jetzt ganz gemütlich und genießen die Zeit in der Natur. Danach gehen wir zurück zum Anwesen und du hast ein paar

Stunden Zeit mit Nora zu quatschen und zu lästern. Dann würde ich dich gerne zum Abendessen ausführen. Nur du und ich."

Es ist zwar kein spektakulärer Plan, aber genau so einen Tag brauche ich. Ich bin auch froh, dass er heute Abend allein mit mir sein möchte. Wir hatten gestern Leute um uns herum und werden morgen noch mehr Leute um uns herumhaben. Einen Tag Pause dazwischen ist keine schlechte Idee. Vor allem für mich.

„Hört sich nach einem entspannten Tag an. Ich bin dabei", antworte ich ihm und merke, dass er langsamer geht. Ich schaue mich um und sehe eine weiße Decke in der Wiese liegen. Ich schaue ihn an und er nickt. Das heißt, wir sind angekommen. Ich gehe zur Decke und sehe noch mehr.

Es liegen zwei Kissen auf der Decke und eine kleine Musikbox die Piano-Musik spielt. Ganz leise und kaum zu hören.

„Wann hast du das vorbereitet?", frage ich ihn und staune über diesen Ort. Man sieht das Anwesen von hier und die Weinberge. Um uns herum sind Bäume und Wiese.

„Heute Morgen. Ich konnte nicht schlafen und war sehr früh wach. Dann dachte ich, bereite ich schon mal das Picknick vor."

„Danke Matt. Es ist traumhaft schön hier." Ich nehme ihn in den Arm und küsse seine Wange. Wie habe ich ihn nur verdient?

Wir legen uns auf die Decke und Matt fängt an den Korb auszuräumen. Wasser, Wein, Salami, Baguette, Oliven, Erdbeeren, Käse, Aufstrich, Törtchen, Schokolade und noch mehr.

„Wo hast du das alles her?", frage ich ihn und merke, wie mein Magen anfängt zu knurren.

„Ich sage ja, ich war früh wach. Ich hatte noch genug Zeit in die Stadt zu fahren."

Er grinst mich an und füttert mich mit einer Erdbeere. So kitschig wie ich es finde, genauso genieße ich gerade jede Sekunde. Ich hätte mir vor Jahren nicht mal erträumen können, wo ich jetzt gerade bin. Vielleicht träume ich? Ich muss mich mal kneifen.

„Aua", schreie ich los und muss direkt laut lachen. Matt schaut mich fragend an und ich muss einfach nur weiter lachen.

„Ach, alles gut. Ich musste nur testen, ob es hier echt ist. Ich bin mir jetzt sicher, dass es das ist", erkläre ich ihm und greife zum Baguette. Ich rieche dran und versuche jedes Geräusch und jeden Geruch in meinen Erinnerungen zu speichern. Das Baguette ist noch warm und duftet unbeschreiblich gut. Ich könnte da einfach so reinbeißen.

„Iss ruhig, Joleen. Ich sehe, dass du Hunger hast", sagt er mir und lacht, „ich kenne dich doch."

Ich bin satt und zufrieden. Ich glaube meine Wangen schmerzen heute Abend vom ganzen

Grinsen. Wir haben tatsächlich fast alles aufgegessen. Wahnsinn, was zwei Menschen essen können.

Wir sind seit fast drei Stunden hier und haben keine Minute gehabt, in der wir nicht gesprochen haben. Ich höre Matt unfassbar gerne zu und er hört mir gerne zu. Mit ihm kann ich immer sehr tiefgründige Gespräche führen und auch lustig sein. Er kann alles. Ich liege in seinem Arm und schaue in die Wolken. Genau über uns bildet sich eine kleine weiße Wolke, die sich zu einem Herz formt. Ich glaube meinen Augen kaum und schaue noch mal genauer hin und ja, es ist ein Herz. Ein sehr gut zu erkennendes Herz. Ich schaue

zu Matt und sehe, wie er das Herz genau in diesem Moment wahrnimmt. Er schaut mich an und grinst.

„Das ist wohl ein Zeichen. Du gehörst zu mir und wirst mich nicht mehr los meine

Hübsche", sagt er mir und die Schmetterlinge in meinem Bauch drehen wieder runden.

„Ich liebe dich, Matt".

„Ich liebe dich viel mehr", antwortet er und es wird ruhig. Es wird ruhig und wir genießen die Musik und die Stille der Natur. Wir genießen den Moment und uns beide.

Kapitel 30

So schön es auch war, wir müssen langsam zurück zum Anwesen. Ich küsse Matt noch einmal bevor wir uns aufraffen und aufstehen.

„Es war wunderschön, Matt. Danke!"

Ich schaue ihm in seine wunderschönen blauen Augen und kann nicht glauben, wie unfassbar verliebt ich in diesen Mann bin. Das Gefühl von wahrer Liebe ist unbeschreiblich. Es gibt einem Energie und Lebenslust, aber schmerzt auch ein bisschen. Es sind aber keine schlechten Schmerzen. Es sind schmerzen, die sich ausbreiten, weil das Glücksgefühl nicht mehr weiß, wohin. Ich fühle mich leicht und begehrt. Ich habe permanent das Bedürfnis loszuschreien und allen zu sagen, wie verliebt ich bin, aber man kann es nicht in Worte fassen. Man muss es fühlen. Man muss es spüren. Liebe kann ich nicht erklären. Liebe kann man nicht beschreiben. Liebe muss man erlebt und gelebt haben.

„Du kannst jetzt direkt zu Nora gehen, wenn du möchtest, und ich hole dich dann in ungefähr zwei Stunden bei ihr ab. Dann gehen wir Abendessen", stört er mich in meinen Gedanken und ich stimme zu, ohne richtig zugehört zu haben.

„Moment. Was machst du in der Zeit? Komm doch mit zu Nora."

„Ne, ne. Ich gehe lange duschen und lege mich kurz mal hin. Du brauchst die Zeit mit Nora. Sie hat dich vermisst."

Da hat er recht. Ich habe sie auch vermisst und muss die Zeit hier nicht nur mit Matt genießen, sondern auch mit Nora. Ich muss bei ihr sein und ihr die Aufregung vor morgen nehmen.

„Na gut. Ich vermisse dich jetzt schon“, antworte ich ihm und frage mich in diesem Moment, warum Liebe einen so kitschig macht.

„Sooooo… erzähl mir bitte ALLES. Von Anfang bis jetzt. Ich möchte wissen, wann, wer, wo was gemacht hat“, stürmt Nora auf mich zu, während ich noch in ihrer Zimmertür stehe. „Ganz langsam, Nora“, lach ich sie, „Lass mich erstmal reinkommen.“ Sie verdreht die Augen und dreht sich um. Sie geht zu ihrem Mini-Kühlschrank und holt eine Flasche Sekt raus. Neben dem Bett stehen selbstverständlich schon zwei Sektgläser bereit. Typisch Nora.

„Wie hat er es geschafft, Joleen? Wie hat er es geschafft, dass du so…. glücklich bist?“ Sie schenkt mir ein Glas Sekt ein und ich nehme direkt den ersten Schluck.

Wow, ist der lecker.

„Ich weiß es nicht. Ich kann es dir nicht
sagen", ich grinse in die Luft und mein Herz
fängt an schneller zu schlagen, allein bei dem
Gedanken an Matt. „Ich bin überglücklich,
Nora", mir kommen die Tränen und ich lasse
es einfach zu. Eine Träne nach der anderen
läuft über meine Wange.

„Hey Mäuschen. Nicht weinen", sagt sie zu
mir und nimmt mich in den Arm.

„Das ist die Freude in mir. Ich weiß nicht
wohin damit. Ich weiß nicht, wie ich sie zeigen
soll. Manchmal überkommt es mich und es
helfen nur noch Tränen." Ich weine weiter und
muss gleichzeitig dabei lachen. Endlich eine
Person, bei der ich alles rauslassen kann.
Endlich eine Person, der ich von Matt erzählen
kann und die es wirklich interessiert. Ich atme
lange aus, um mich zu beruhigen.

„Was ist denn dein Eindruck von Matt?", frage
ich sie und nehme noch einen Schluck.

Ob der Sekt eine gute Idee ist? Alkohol macht mich noch sentimentaler, als ich eigentlich schon bin.

„Ich liebe ihn".

Ich schaue sie verwirrt an. Verstehe ich das richtig?

„Nein, nicht so", sagt sie mir und lacht, „er hat es geschafft, meine beste Freundin glücklich zu machen. Diesen Mann kann ich nur lieben. Er ist wundervoll Joleen. Er tut dir gut und das merkt man. Ich habe mich ein bisschen mit ihm unterhalten können und ich weiß, dass er dich genauso liebt. Er liebt dich von ganzem Herzen."

Ich glaube, ich spüre den Sekt. Ich muss weinen. Und dieses Mal noch mehr. Ich schaue Nora lachend und weinend an und sehe, dass sie auch angefangen hat zu weinen.

„Hör auf von mir zu reden, Nora. DU heiratest morgen! Wie fühlst du dich? Bist du bereit?", frage ich sie, um die Stimmung in eine andere Richtung zu lenken.

„Ich freue mich so sehr auf den Tag. Das war schon immer mein Traum. Zu heiraten. Und morgen ist es so weit. Wahnsinn, oder?“ Ich nicke ihr zu und schaue sie einfach nur an. Ich bin so stolz auf sie. Ich bin so dankbar sie zu haben. Wäre dieser Mensch nicht in mein Leben gekommen, würde ich nicht hier sitzen. Matt und Nora haben so viel dazu beigetragen, dass ich da bin, wo ich jetzt bin. Ohne einen von den beiden wäre ich verloren.

„Danke, dass ihr hier seid. Danke, dass du dich getraut hast und dich deiner Angst gestellt hast, um hierhin zukommen“, sie nimmt mein Gesicht in ihre Hände und drückt mir einen dicken Kuss auf die Stirn.

Nass. Ich wische meine Stirn trocken und Nora schlägt locker gegen meine Schulter.

„Ey, ich kann nichts dafür, dass mein Mund so viel Speichel produziert. Ich bin total

aufgeregt wegen morgen und mein Mund
denkt sich „Ach komm wir stellen mehr
Speichel als sonst her, damit die Tage vor der
Hochzeit besonders
unangenehm sind." Das ist meine Nora. Genau
das.

Kapitel 31

„So, Joleen. Es ist an der Zeit, dich fertig zu machen", sagt Nora mir in einem ernsten Ton, dass ich etwas Angst bekomme.

„Verstehe ich nicht. Wieso willst du mich fertig machen? Hä?"

Sie geht zu ihrem Kleiderschrank, öffnet die Tür und holt einen beigefarbenen, schicken Jumpsuit raus. Er ist bodenlang, hat Schlagbeine und einen offenen Rückenausschnitt.

„Bevor du den anziehst, mache ich noch dein Make-up und deine Haare." Sie holt ihre Schminke und ihre Bürste und beginnt, an mir herum zu werkeln.

„Nora, was machst du da? Wofür machst du das?“. Ich versuche mich gar nicht erst zu wehren. Gegen Nora habe ich eh keine Chance.

„Ich habe gehört, du gehst heute Abend aus. Da kannst du nicht so hin gehen“, sie schaut mich von oben bis unten an und spitzt die Lippen.

„Woher weißt du, dass ich heute Abend ausgehe? Hat Matt dir das gesagt?“

„Ein Vögelchen hat es mir gezwitschert und meinte, ich soll dich schick machen.“

Nora hört auf mich zu kämmen und schaut kurz auf ihr Handy. In der Zeit habe ich mal die Chance meine Kopfhaut zu kratzen. Man, hasse ich Haarspray.

„So! Setz dich gerade hin“, fordert sie mich auf.

„Wer hat dir geschrieben?“, frage ich sie und weiß nicht mal, wieso ich sie das frage. Sie darf wohl mal aufs Handy schauen.

„Matt. Er ist gleich da."

Ich schaue auf mein Handy. Keine Nachrichten.

„Wieso schreibst du mit Matt?", frage ich und an ihrer Antwort merkte ich, dass sie versteht, dass ich Hintergedanken habe.

„Es ist nichts zwischen mir und Matt, Joleen. Genieß doch bitte einfach den Abend und lass dich schnell von mir frisieren."

Es klopft an der Tür.

„Moment!", schreit Nora und trägt mir noch schnell Lippenstift auf.

„Perfekt!", sagt sie und geht zur Tür.

Ich stehe auf und sehe Matt, wie er in das Zimmer kommt.

Wow.

Er trägt einen beigefarbenen Anzug und hat eine einzige weiße Rose in der Hand. Seine Haare sind gemacht und sein Bart frisch rasiert.

„Du siehst unbeschreiblich schön aus", flüstert er mir in mein Ohr und gibt mir einen Kuss auf die Wange.

Ich habe Gänsehaut am ganzen Körper.

Ich schaue die Rose in seiner Hand an und ziehe fragend eine Augenbraue hoch.

„Es können doch nicht immer gelbe Tulpen sein", lacht er und gibt mir die Rose, „bist du bereit, meine Hübsche?"

Ich hake mich bei ihm ein und nicke.

„Ich kann es kaum abwarten!"

Kapitel 32

Wir gehen aus dem Zimmer in Richtung Garten. Matt bleibt stehen und schaut mich an.

„So leid es mir tut, ich muss jetzt deine Augen jetzt verbinden", sagt er mir und holt ein schwarzes seidenes Tuch aus seiner Hosentasche.

„Augen verbinden? Moment. Wieso?"

„Psch!", unterbricht er mich und verbindet mir die Augen. Was passiert hier? Warum macht er das alles?

Er nimmt meine Hand, damit er mich besser führen kann. Seine Hand ist warm und feucht. Er ist nervös. Warum ist er nervös?

„Matt!"

„Psch!", antwortet er mir und wir gehen langsam los. Der Boden ist uneben und ich habe Angst hinzufallen. Man ist das gruselig, wenn man nichts sieht. Matt hat Glück, dass ich ihm vertraue, sonst würde ich es auf keinen Fall zu lassen. Oder er lässt mich gleich ganz sanft gegen einen Baum gehen. Das wäre ziemlich uncool von ihm.

„Vorsicht Stufe", warnt er mich und ich werde langsamer, um auf die Stufe vorbereitet zu sein.

„So, wir sind da."

„Darf ich die Augenbinde abnehmen?", frage ich ihn und werde schon ganz ungeduldig. Er antwortet nicht. Ich spüre seine Hand hinter mir. Er streichelt mir langsam über den Rücken hoch zum Kopf. An der Augenbinde angekommen, bindet er sie langsam auf. So langsam, dass ich gleich verrückt werde. Was ist hier los?

Er streift die Augenbinde von meinen Augen und ich blinzle einige Male, um mich an die Helligkeit zu gewöhnen.

Ich bekomme keine Luft mehr.

Mein Mund steht offen, aber ich atme nicht.

Ich muss mich festhalten, damit ich nicht falle.

Ich kann nicht mehr gerade stehen. Alles dreht sich. Tausende Lichter um mich herum und alle drehen sich.

„Matt….“

Ich gehe kleine Schritte vor und drehe mich dabei mehrmals langsam um mich selbst. Es leuchtet alles.

Wir stehen im Garten und jeder einzelne Baum leuchtet. Es ist ein weißer Weg ausgelegt, der zu einem Tisch führt, der ebenfalls weiß gedeckt ist. Auf dem Boden stehen Hunderte von Kerzen. Wie hat er die alle alleine anbekommen?

„Matt….“

Ich muss atmen.

Der weiße Weg ist verziert mit weißen Rosenblättern.

Ich kann nicht aufhören hochzuschauen. Es glitzert und funkelt alles und unten auf dem Boden brennen Kerzen. Es ist wie in einem Film.

Nur Matt und ich. Sonst niemand.

Ich drehe mich zu Matt und sehe, wie er auf mich zu kommt. Er stellt sich vor mich und nimmt meine beiden Hände in die Hand. Er atmet einmal tief ein und wieder aus. Dann schauen mich seine wunderschönen blauen Augen an und er fängt an zu reden.

„Joleen. Ich weiß nicht, wie ich anfangen soll, wenn ich ehrlich bin. Ich bin verdammt nervös. Schon seit Tagen. Ich weiß nicht, wie ich diese Nervosität wegbekomme. Ich bin es schon mehrmals in meinem Kopf durchgegangen, aber finde nicht die richtigen Worte. Deshalb rede ich einfach drauf los und das könnte dauern", er schnappt nach Luft und hält meine Hände noch fester, „ich liebe dich! Ich liebe dich so sehr, Joleen, dass ich den Rest meines langen Lebens bei dir sein möchte. Ich möchte jeden Schritt, den ich mache, mit dir gehen, ich möchte jeden Gedanken, den ich habe, mit dir teilen. Egal, wie unnötig meine Gedanken manchmal sein können. Du sollst alles wissen. Du bist das Beste, was mir je passiert ist. Ich denke an die Zukunft und sehe dich. Ich sehe dich mit mir. In einem wunderschönen Haus am anderen Ende der Welt. Ich sehe uns in der Küche tanzen und durch Wälder rennen. Ich will nur eine einzige Frau an meiner Seite und das bist du! Ich möchte dich als Frau, ich möchte dich als Mutter meiner Kinder, ich möchte dich als beste Freundin. Mir sind alle Menschen um mich herum egal, solange ich dich habe. Ich möchte für dich da sein und ich möchte dir helfen. Mein Leben lang. Ich möchte dich glücklich machen und dir dein Leben vereinfachen. Ich möchte dein Herz höherschlagen lassen. Meine Arme sollen für dich Sicherheit und Geborgenheit bedeuten. Ich kann nicht mehr ohne dich. Ich weiß, ich rede viel und wir wissen beide, worauf das hinausläuft. Ich verspreche bei dir zu sein, an schlechten und an guten Tagen. Ich verspreche, dich zu halten, wenn du fällst. Ich verspreche dir immer da zu sein. Für immer."

Er schnappt nach Luft und ich realisiere, dass ich aufgehört habe zu atmen. Mir ist schwindelig. Er wühlt in seiner Hosentasche und holt ein Schmuckkästchen raus. Ich halte mir meinen Mund zu und kann nicht glauben, was gerade passiert. Er geht auf die Knie.

„Joleen, willst du meine Frau werden und mit mir jeden Tag so gestalten, dass er für uns perfekt ist? Willst du an meiner Seite bleiben? Für immer?"

Ich kann ihm nicht mehr zuhören. Ich falle auf die Knie und halte mir mein Gesicht zu. Ich weine. Ich weine so laut, dass ein Schrei rauskommt. Ich glaube das alles nicht. Er liebt mich. Er will mich für immer an seiner Seite haben. Was passiert hier gerade?

Ich weine und weine und weiß nicht mehr, wo ich bin. Ich schaue auf und sehe, dass Matt immer noch dahockt und mir den Ring hin hält. Einen Ring. Er glänzt und funkelt wie die Bäume.

„Matt…", meine Stimme ist kratzig, „ich will an deiner Seite bleiben. Für immer. Ich will, dass du mir all deine Gedanken erzählst und jeden Schritt mit mir gehst. Du BIST mein sicherer Hafen und das wirst du für immer sein. Ich will die Zukunft mit DIR verbringen und mit keinem anderen Menschen der Erde. Matt…. Ich will deine Frau werden!"

Matt´s blauen Augen füllen sich mit Tränen. Er lächelt und ihm laufen die Tränen über die Wangen. Mein Matt. Ich liebe ihn so sehr.

Er nimmt meine Hand und zieht mir den Ring über den Finger. Er passt wie angegossen. Ich halte die Hand hoch und betrachte unglaubwürdig den Ring. Ich schaue zu Matt und muss wieder weinen. Bestimmt ist mein Gesicht schon ganz schwarz von der Mascara. Ich nehme sein Gesicht in die Hände und küsse ihn. Ich küsse ihn und küsse ihn. Ich kann nicht mehr aufhören, ihn zu küssen und ich werde heute Abend nicht mehr aufhören, ihn zu küssen.

„Wann hast du das alles vorbereitet?", frage ich ihn und schaue mich staunend um.

„Gestern und heute. Nora hat mir geholfen. Deshalb war ich nachts weg. Wir haben die Lichterketten verteilt."

Deshalb war er weg. Deshalb haben die sich so komisch verhalten.

„Du bist verrückt", sage ich ihm und wische die letzte Träne aus meinem Gesicht.

„Komm, wir versuchen etwas zu essen“, er
zeigt auf den Tisch, auf dem schon die
Vorspeise steht. Ich weiß nicht, ob ich etwas
essen kann. Ich will einfach nur in Matt´s
Arme und ihn von oben bis unten küssen.
Ich habe es tatsächlich geschafft, etwas zu
essen, obwohl ich alle zwei Minuten auf
meinen Ring gestarrt habe. Ich wollte jedes
Detail wissen. Wie er das geplant hat, wann er
den Ring geholt hat, wie er sich gefühlt hat.
Ich glaube, Matt wurde noch nie so von
Fragen durchlöchert wie von mir.
Wir sind auf dem Weg in unser Zimmer und
sehe Nora vor unserer Tür stehen. Ich bleibe
stehen und zeige ihr meine Hand mit dem
Ring.
„AHHHHHH“, schreit sie los und rennt auf
mich zu. Sie drückt mich so fest, dass das
Essen fast wieder rauskommt.
„Herzlichen Glückwunsch euch beiden!“, sie
sieht stolz aus. „Ich wollte nur sehen, ob sie

„Ja" gesagt hat, obwohl es da keinen Zweifel gab. Ich wünsche euch eine schöne erste Nacht als verlobtes Paar", sie zwinkert uns zu und verschwindet.

Kapitel 33

Unsere erste Nacht als verlobtes Paar.

Hört sich nicht real an. Ich bin verlobt. Ich habe einen Verlobten.

Komisch. Da muss ich mich noch dran gewöhnen.

Im Zimmer angekommen brennen wieder unzählige Kerzen. Nora, der kleine Schlingel, hat das wohl vorbereitet.

„Ich bin der glücklichste Mensch der Welt", ruft Matt mir zu und schmeißt sich aufs Bett. Er öffnet die Arme und ruft mich mit seinem Blick zu ihm. Ich zögere nicht lange und lasse mich in seine Arme fallen. In die Arme meines Verlobten.

Ich rieche sein Parfüm. Das Parfüm, das mich alles um mich herum vergessen lässt.

„Was macht man in der ersten Nacht als verlobtes Paar?", schaue ich ihn fragend an. Er muss grinsen.

„Ich glaube man genießt jede einzelne Sekunde mit seinem Partner und versucht den Abend unvergesslich zu gestalten", antwortet er mir und ich betrachte in dem Moment die Kerzen, die um das Bett rumstehen. Er hat das alles nur für mich gemacht.

„Matt?", ich schaue ihn an, „glaubst du, wir haben damit die Hochzeit von Nora zerstört?" Er schaut mich verwirrt an.

„Na ja, ich meine, dass sie eigentlich die ganzen Tage im Mittelpunkt stehen sollte und heute war sie es nicht. Ich habe sogar kurz vergessen, weshalb wir hier sind", erkläre ich ihm und hoffe, er versteht, was ich meine.

„Ich habe mit Nora gesprochen. Ich habe ihr von meiner Idee erzählt und sie hat mir sogar vorgeschlagen es heute zu machen. Sie meinte ich soll diese Location nutzen. Sie wollte das. Und ihre Hochzeit ist ja morgen erst. Da werden alle Augen auf sie gerichtet sein."

Puh, da bin ich ja erleichtert. Nicht das etwas zwischen mir und Nora steht, aber wenn Matt es sagt, dann glaube ich ihm. Ich meine, er hat ja mit ihr gesprochen. Sie würde sich auch nicht so freuen und vor der Zimmertür warten, wenn es sie stören würde.

Ich richte mich langsam auf und setze mich auf Matt. Ich schaue ihn schweigend an und fange an seinen Körper zu küssen. Langsam und sanft.

„Ich möchte heute jeden einzelnen Zentimeter von deinem Körper geküsst haben", hauche ich vor mich hin und ich spüre, wie sein Körper Gänsehaut bekommt. Ich möchte heute Abend seinen Körper spüren. Ich möchte ihn überall spüren und lieben.

Kapitel 34

Ich habe die Nacht kaum ein Auge zu bekommen. Ich musste permanent an den Antrag denken. Er war perfekt. Matt ist perfekt.

„Guten Morgen", lächle ich ihn an, während er seine Augen öffnet. Er sieht müde aus. Trotzdem lächelt er mich an und küsst mich. Es ist schön, wenn du jemanden anschaust und er direkt lächeln muss. Vor allem direkt nach dem Aufstehen.

„Bist du bereit für eine Hochzeit?", frage ich ihn und er zieht sich die Decke über den Kopf.

„Noch fünf Minuten. Bitte", fleht er mich an, aber er hat keine Chance. Wir müssen uns jetzt

fertig machen, sonst schaffen wir es nicht
rechtzeitig zur Zeremonie. Ich ziehe ihm die
Decke vom Kopf und schmeiße sie auf den
Boden.

„Los jetzt! Meine beste Freundin heiratet."
Er wirft mir einen bösen Blick zu, aber ich
weiß, dass es nur Spaß ist.

Fertig geschminkt und gestylt komme ich aus
dem Badezimmer, um Matt zu zeigen, wie ich
aussehe. Sein Blick verrät mir seine Gedanken.
Seine blauen Augen glänzen und der Mund
steht offen.

„Ich kann nicht mehr atmen. Ich bin
sprachlos", bringt er hervor, „Du bist
unglaublich schön. Wie soll ich es schaffen,
der Braut die Aufmerksamkeit zu geben, wenn
du SO aussiehst?" Er scannt mich von oben bis
unten und hat dabei vergessen, dass er sich
gerade die Schuhe am zu binden war. Meine

Wangen werden rot und ich verstecke mein Gesicht in meinen Händen.

„Komm, wir gehen los", sage ich ihm und kann nicht aufhören zu grinsen, „Du siehst auch sehr gut aus Matt. Du könntest öfter einen Anzug tragen. Ich mag das."

Wir gehen schick angezogen und herausgeputzt in den Garten, wo schon alle Gäste gespannt auf den Stühlen sitzen. Ich gehe nach vorne und stelle mich an den Altar zu dem Trauzeugen. Der Bräutigam steht auch schon bereit und alle warten auf die Braut. Matt hat sich in die erste Reihe gesetzt und schaut mich an. Ich kann nicht aufhören zu grinsen. Ich schaue zu Leon, dem Bräutigam, und merke, wie nervös er ist. Er geht hin und her, wischt seine Hände an seiner Hose trocken. Plötzlich fängt der Pianist an zu spielen und alle Gäste stellen sich auf, mit dem Blick nach hinten gerichtet. Ich schaue zum

Ende des Wegs und bin gespannt, wie Nora aussieht. Erst kommt ein Blumenmädchen, welches Blütenblätter wirft und dann ist es so weit. Die Musik verändert sich und die Braut kommt um die Ecke. Sie steht am Ende vom Weg und schaut nach vorne zum Bräutigam. „Das ist meine Frau“, höre ich Leon flüstern und sehe, dass er Tränen in den Augen hat. Mein Blick fällt direkt zu Matt, der nicht die Braut, sondern mich anschaut. Während Nora den Weg entlang läuft, kann ich meine Gedanken nicht abstellen. Ich schaue andauernd runter auf meine Hand und betrachte den Ring. Dann schaue ich auf zu Nora und sehe dieses weiße wunderschöne Kleid und kann nicht glauben, dass ich bald auch so etwas tragen werde. Ich werde auch heiraten.

Während der ganzen Zeremonie musste ich nur an Matt und mich denken. Wie wir hier stehen, wie wir uns anschauen, wie wir uns küssen. Ich schaue zu Matt rüber, der vermutlich an genau das gleich denkt. Er hat Tränen in den Augen und schaut mich an. Seine Lippen formen den Satz „Ich liebe dich" und mein Körper fängt an zu kribbeln. Ich kann nicht glauben, dass wir bald auch heiraten werden. Ich heirate den Mann meiner Träume.

Die ganze Hochzeit über denke ich daran, dass ich direkt mit der Planung anfange, sobald wir daheim sind. Ich kann es kaum abwarten. Ich erzähle Matt all meine Ideen und Vorstellungen und er stimmt mir bei allem zufrieden zu.

„Ich habe keine Familie und auch keine Freunde, deshalb wird es eine kleine Runde. Ich weiß nicht, wen du einladen möchtest, aber bei mir wird es nur Nora, Leon und wahrscheinlich auch Lisa", zähle ich ihm auf.

„Lisa? Wer ist denn Lisa?", fragt er mich und nimm einen Schluck von seinem Gin Tonic.

„Eine Arbeitskollegin von mir, die unfassbar anstrengend und laut ist. Aber Lisa hat mich dazu gebracht mir diese Dating-App runterzuladen. Ohne Lisa gäbe es uns nicht."

„Dann muss Lisa auf jeden Fall kommen", antwortet er mir und gibt mir einen Kuss. „Bei mir werden es auch nur um die fünf Leute sein. Wird wohl eine kleine, sehr intime Hochzeit werden. Finde ich sogar sehr gut. Dann habe ich mehr Zeit, mich auf dich zu konzentrieren, anstatt mit den Gästen zu sprechen." Ich lege meinen Kopf auf seine Schulter und streichle ihm über sein Bein.

„Eins müssen wir aber auf unserer Hochzeit machen", sagt er mir und ich bin gespannt, „ich möchte nicht nur einen ruhigen Hochzeitstanz mit dir haben, sondern ein lustiges Lied anmachen und einfach drauflos tanzen. Nur du und ich. Die Leute um uns rum vergessen wir." Ich schüttle den Kopf und lache laut.

„Auf gar keinen Fall tanze ich vor Leuten
einfach drauflos. Das kann ich wahrscheinlich
nicht mal. Ich werde wie fest gewachsen
dastehen." Er steht auf und streckt mir seine
Hand aus.

„Joleen, darf ich dich um einen verrückten
Tanz bitten?"

„Nein, nein, nein. Matt. Doch nicht hier", ich
klinge zwar ernst, aber muss lachen. Er ist
doch verrückt. Er weiß doch, wie ich bin.

„Das ist der perfekte Ort zum Üben vor
unserer Hochzeit, damit es bei uns perfekt
wird. Komm schon. Schau dabei nur mich an
und vergiss die Leute um uns herum."

Ich überlege und stehe dann auf. Ich kann ihm
vertrauen, das kann ich immer. Es hat sich
immer gut angefühlt, ihm zu vertrauen, warum
nicht auch jetzt?

Hand in Hand gehen wir auf die Tanzfläche
und fangen einfach an zu tanzen. Matt packt
seine besten Moves aus und ich stehe da und

lache über die Situation. Ich schaue mich um und sehe, dass wir beobachtet werden. Matt stoppt seine Choreografie und kommt zu mir.

„Hey, schau nur mich an. Nur mich!"

Er nimmt meine Hände und springt los. Er springt, dreht sich und wackelt mit allem, was er hat und ich springe mit. Ich habe seine Augen fest fixiert und schaue nur ihn an und tanze wie Matt. Verrückt, aber losgelöst. Es fühlt sich verdammt gut an. Es fühlt sich befreiend an.

„Ich wusste, dass du das kannst", sagt er mir und wir tanzen weiter. Für manche sieht es aus wie zwei Verrückte, die nicht tanzen können und dabei laut lachen, aber für uns fühlt es sich an wie zwei verliebte Menschen, die das Glück und die Freude durch Bewegung ausstrahlen. Ohne nachzudenken.

Kapitel 35

Es sind schon drei Wochen vergangen, seit Matt mir einen Antrag gemacht hat und so langsam ist der Gedanke zu heiraten real geworden. Matt und ich sprechen fast jeden Tag über die Planung und die Gestaltung. Wir sind beide sehr unkompliziert, was das alles sehr leicht macht. In einem Monat ist es schon so weit und wir werden Mann und Frau sein. Ich habe die letzten Tage damit verbracht, ein Kleid zu finden und habe alle möglichen Online-Shops durchsucht. Mir hat nur ein einziges Kleid so gut gefallen, dass ich bereit war, Geld dafür auszugeben. Es ist schon bestellt und kommt die kommenden Tage an.

Generell sind wir sehr sparsam, was die Hochzeit angeht, weil wir nicht viele Gäste haben und uns nur wichtig ist, dass wir beieinander sind.

Matt kommt heute Abend aus New York zurück und wir schauen uns die Location an. Wir haben die Location online gebucht, ohne sie gesehen zu haben, aber wir haben Vertrauen, dass es perfekt ist. Acht Tage habe ich ohne Matt geschafft. Was unglaublich ist. Hätte ich die Planung nicht im Kopf, wüsste ich nicht wie ich die Tage überlebt hätte ohne ihn. Umso mehr freue ich mich, ihn heute Abend wieder zu sehen. Noch einen Monat, dann sind wir eine „Familie“.

Ich höre wie er den Schlüssel in die Haustür steckt und renne direkt los.

„Ahhhhh“, schreie ich los und falle ihm um den Hals, „Ich habe dich so vermisst.“

„Ich dich auch, meine Hübsche. Endlich
daheim. Bei dir.“ Er drückt mich ganz fest und
gibt mir einen Kuss.

„Bist du bereit die Location zu sehen?“, frage
ich ihn aufgeregt.

„Ja, ich bin schon ganz gespannt, aber erstmal
müssen wir uns kurz setzen.“

Warum wird er so ernst?

„Also, es gibt eine gute und eine schlechte
Nachricht. Die gute Nachricht ist, ich habe ein
Geschenk für dich.“ Er wühlt in seiner
Jackentasche herum und holt eine kleine
schwarze Box raus. Er gibt sie mir in die Hand
und ich öffne sie ganz ungeduldig. In der Box
ist eine Kette.

„Es ist eine Kette aus Weißgold und auf dem
kleinen Anhänger ist mein Fingerabdruck
drauf, damit du mich immer bei dir hast, wenn
ich mal so Wochen habe wie die Letzte und
länger weg muss. Die Kette soll dir das Gefühl

von Sicherheit geben, auch wenn ich nicht da bin."

„Wie habe ich dich nur verdient?", frage ich ihn und betrachte mir die Kette. „Sie ist wunderschön, Matt. Kannst du sie mir anziehen?"

„Natürlich".

Er nimmt die Kette in die Hand und steht auf. Er stellt sich hinter mich und ich hebe meine Haare, damit er sie zu machen kann. Ich fasse den Anhänger an und kann nicht glauben, wie romantisch Matt ist. Ich habe ihn immer bei mir.

Bei der ganzen Freude habe ich vergessen, dass Matt noch eine schlechte Nachricht hat.

„Die schlechte Nachricht ist, dass ich die Woche vor unserer Hochzeit ein paar Tage nach New York muss und am Abend vor der Hochzeit erst heimkommen werde." Ich muss kurz schlucken.

„Und du kannst es nicht absagen?“, frage ich
ihn und hoffe, er sagt ja.

„Nein, leider nicht. Es ist ein großer Auftrag
und ich bekomme eine sehr hohe Summe
dafür. Davon können wir in die Flitterwochen
fliegen, ohne auf das Geld zu achten.“

Da hat er recht. Obwohl ich das nicht gut
finde, dass ich die Tage vor der Hochzeit
alleine sein werde, kann Matt bei so einem
Auftrag nicht absagen.

„Glaubst du, du kommst rechtzeitig zur
Hochzeit?“

„Ja. Bin ich mir ganz sicher. Ich komme
Stunden vor der Hochzeit an und habe noch
Zeit zu schlafen, bevor es losgeht. Es geht nur
darum, dass du die Tage allein sein wirst. Ist
das okay?“

Ich weiß nicht so ganz, aber ich kann es ihm ja
nicht übel nehmen, dass er für uns arbeiten
geht, damit wir sorglose Flitterwochen haben.
Seit ich nicht mehr im Supermarkt helfe,

haben wir nur noch den Lohn von Matt. Was eigentlich mehr als genug ist.

„Es ist okay. Ich schaffe das schon. Ich habe diese Woche auch geschafft und jetzt habe ich auch noch die Kette", sage ich ihm grinsend und halte den Anhänger fest zwischen meinen Fingern. Ich schaffe die paar Tage und wenn er wieder da ist, dann heiraten wir.

„Ich weiß auch schon, wohin die Flitterwochen hingehen könnten", sagt er mir und ich stelle fest, dass ich mir darüber noch gar keine Gedanken gemacht habe. „Was sagst du zu einer Australien-Reise?"

Wow. Australien. Ganz schön weit weg.

„Da kommt man nicht mit dem Auto hin, oder?", frage ich ihn in der Hoffnung er meint ein anderes Australien. Er muss lachen.

„Ne, aber man kann mit einem Schiff dort hin. Dauert zwar etwas länger, aber du fühlst dich eventuell sicherer."

Ich glaube, ein Schiff ist mir lieber als ein Flugzeug.

„Da können wir ja nochmal drüber reden", antworte ich ihm lachend, um vom Thema abzulenken.

Kapitel 36

Der Weg zur Location ist kürzer als erwartet. Wir sind nur eine Stunde gefahren. Ich habe mit zwei Stunden gerechnet.

Ich bin froh, dass wir diese Location gefunden haben, weil alles andere bereits ausgebucht war oder nicht mehr für den nächsten Monat buchbar war. Na ja, wir sind auch sehr kurzfristig.

Matt steigt aus und öffnet mir die Autotür.

„Danke schön. Bist ja ein richtiger Gentleman."

Wir sind am Rande eines kleinen Dorfes. Es brennen ein paar Lichter, aber sonst ist es dunkel. Die Location ist eine große Holz-

scheune mit einem kleinen Hintergarten. Die
Holzscheune wirkt von außen sehr dunkel und
gruselig. Ich weiß nicht, ob es so eine gute
Idee war. Matt öffnet die großen Holztüren
und ich verwerfe sofort meine letzten
Gedanken. Es ist perfekt. Es ist zwar nicht so
groß wie erwartet, aber wir brauchen auch
nicht viel Platz. Die Decken sind sehr hoch
und überall sind Holzbalken zu sehen. Die
Tische und Stühle sind aus weißem Holz.
Natürlich hängen überall Lichterketten.
Wenn man durch die Scheune geht, kommt
man hinten in den Garten. Der Garten ist klein,
aber auch sehr schön. In der Mitte ist ein
kleiner Teich, der leise plätschert. Am Rand
sind niedrige Steinmauern zum Sitzen.
„Matt, genauso habe ich es mir vorgestellt."
„Es ist sogar noch besser als erwartet",
antwortet er mir. Er kommt zu mir und legt
seine Stirn auf meine. „In einem Monat stehen

wir hier genauso, nur dass du dann meine Frau
bist. Für immer."

Ich atme tief ein und aus.

„Matt, wenn ich dich nicht hätte, wüsste ich
nicht, wo ich jetzt wäre. Danke für alles!"

Stirn an Stirn stehen wir in dieser alten
Scheune und genießen den Moment.

Kapitel 37

Es klingelt an der Haustür und ich weiß genau was mich erwartet. Ich lasse alles stehen und liegen und renne zur Tür. Ich reiße sie mit solch einer Wucht auf, dass der Postbote sich erschreckt.

„Ups, tut mir leid", entschuldige ich mich bei ihm und nehme das Paket an. Man ist es schwer.

„Was hast du dir bestellt?", fragt Matt mich und schaut auf das Paket.

„Gar nichts".

Wow, Joleen. Das war sehr glaubwürdig.

„Es ist mein Brautkleid. Du darfst es nicht sehen. Das bringt Unglück. Ich probiere es schnell an.“

„Darf ich ein bisschen davon sehen?“, fragt er mich und lächelt charmant.

„Auf keinen Fall. Du wirst es am Hochzeitstag sehen.“

„Och Mann.“ Schmollend fällt er auf die Couch und ich laufe ins Schlafzimmer, um das Kleid anzuprobieren. Ich schneide den Karton vorsichtig auf, um nichts zu beschädigen und sehe schon den weißen Stoff. Ich hole es raus und komme aus dem Staunen nicht raus. Ich ziehe es direkt an, was ohne Hilfe etwas schwer ist, aber ich schaffe es. Ich stehe vor dem Spiegel und kann meinen Augen nicht trauen. Ich sehe aus wie eine Prinzessin. Es ist perfekt. Es ist wie für mich gemacht. Ich kann es kaum abwarten, dass Matt mich so sieht. Ich habe es ein paar Minuten an und genieße die Schönheit des Kleides. Dann verstaue ich das Kleid mit einer schwarzen Abdeckung an einem Kleiderständer und gehe zurück zu Matt.

„Und? Passt das Kleid?“

„Es ist perfekt! Du wirst es lieben“, antworte ich ihm und ich sehe die Neugier in seinen Augen.

„Natürlich werde ich es lieben. Ich liebe alles an dir.“ Er weiß immer, was er mir sagen muss, damit ich in Verlegenheit gerate.

„Übrigens, die Einladungen sind fertig geschrieben und ausgedruckt. Ich habe die Adressen alle draufgeschrieben und Briefmarken draufgeklebt. Könntest du die morgen früh vielleicht bei der Post einwerfen?“, frage ich Matt, während ich anfange Abendessen zu kochen. Es gibt Nudelauflauf. Matt´s Lieblingsgericht. Auch wenn ich nicht die beste Köchin bin, kann ich den Auflauf mittlerweile sehr gut.

„Ja klar. Mache ich!“

Kapitel 38

Noch 13 Tage, dann ist es so weit. Ich zähle die Stunden bis zur Hochzeit. Verrückt, dass ich mich so sehr darüber freue, obwohl ich vorher nie darüber nachgedacht habe.

„Alle, die wir eingeladen haben, haben zugesagt", erzähle ich Matt, während wir essen.

„Freut mich sehr!"

Irgendwie ist Matt komisch. Nicht, dass ich mir schon wieder etwas einbilde.

„Ist alles in Ordnung, Matt?"

Er schaut auf und denkt über irgendetwas nach.

„Joleen, ich muss dir was sagen. Ich habe was gemacht, was dich nicht freuen wird. Oder vielleicht doch. Ich weiß es nicht. Bitte sei nicht sauer.“

„Matt, was hast du getan.“

„Joleen, ich habe deine Schwester gefunden.“ Mir fällt die Gabel aus der Hand. Das Essen verteilt sich über den Boden. Ich halte den Atem an.

„Du hast was?“

„Bitte hör mir erstmal zu. Seit du mir von deiner Schwester erzählt hast, denke ich andauernd daran. Ich weiß, wie schmerzhaft dieses Thema für dich ist, deshalb habe ich sie heimlich gesucht und auch gefunden. Ich wollte sie fragen, was der Grund für ihr Gehen war. Ich wollte wissen, ob man diesen Grund nachvollziehen kann und ihr verzeihen kann, bevor du es mitbekommst.“

„Du hast mit ihr gesprochen?“

Ich glaube, er will mich verarschen.

„Ja, aber nur am Telefon.“

Dafür, dass mich diese Nachricht so geschockt hat, bin ich sehr gelassen. Ich habe einen klaren Kopf und denke über alles nach. Was sehr ungewöhnlich ist, wenn es um meine Familie geht.

„Joleen, ich habe es gemacht, damit du nicht verletzt wirst. Ich wollte hören, was sie zu sagen hat und ich glaube du musst auch mal mit ihr sprechen. Sie soll dir alles erklären."

Ich soll mit meiner Schwester sprechen. Meine Schwester, die mich bei meiner alkoholkranken Mutter gelassen hat. Die Schwester, die mir den Einstieg in die Erwachsenenwelt erschwert hat. Die Schwester, die mich alleine gelassen hat.

„Ich weiß nicht wie ich reagieren soll, Matt. Ich bin nicht sauer. Ich bin auch nicht ängstlich. Ich fühle mich gerade einfach leer. Ich habe mit diesem Thema abgeschlossen und versucht nie wieder darüber nachzudenken."

„Ich weiß. Und ich weiß, wie schwer es dir fällt, aber ich würde mir an deiner Stelle anhören, was sie zu sagen hat. Du kannst sie danach immer noch aus deinem Leben verbannen. Ich glaube, das wird dir guttun.“ Hätte er das vor einem Jahr gemacht, wäre ich total ausgeflippt und hätte eine Panikattacke bekommen, von der ich mich tagelang erholen müsste. Aber jetzt gerade habe ich keine Emotionen in mir. Er hat es aus einem bestimmten Grund getan und ich weiß, er möchte mich nicht verletzten.

„Okay. Ich gebe ihr eine Chance sich zu erklären. Wann möchte sie mit mir sprechen?“

„Das freut mich sehr, Joleen“, er steht, kommt zu meinem Stuhl und kniet sich vor mich auf den Boden. Ich vermute mal, dass er mir auf Augenhöhe begegnen möchte, damit ich mehr Vertrauen in die Sache habe. Ach Matt. Du gibst dir bei allem Mühe. Du machst irgendwie doch alles richtig.

„Du kannst sie jetzt anrufen, wenn du bereit bist."

Er hält meine Hände fest und gibt meinem Handrücken einen Kuss. Matt, was machst du mit mir?

Ich bin zwar nicht bereit und werde es auch nie sein, aber ich überwinde mich. Ich nicke Matt zu. Er nimmt sein Handy in die Hand und sucht den Kontakt. Da steht er. Der Name. *„KIM"*. Er hat ihre Nummer. Wie lange ich diesen Namen nicht mehr gelesen habe. Ich nehme das Handy in die Hand und starre auf den Namen.

„Lass dir Zeit. Ich weiß, es ist sehr viel, aber du schaffst es. Ich bin sehr stolz auf dich! Ich gehe ins Schlafzimmer, solange du mit ihr sprichst. Ruf mich bitte, wenn du fertig bist."

Er gibt mir einen Kuss und streichelt mir noch mal über die Wange, bevor er ins Zimmer geht und die Tür schließt. Ich starre weiter auf den Namen und kann nicht glauben, dass ich das wirklich machen werde. Ich habe mir geschworen, nie wieder mit dieser Person zu sprechen und sie aus meinem Leben zu streichen. Jetzt sitze ich hier und rufe sie an. Ich zögere, aber klicke dann auf den Namen. Die Nummer wählt und ich fange an nervös zu werden. Ich bin am Zittern. Es klingelt nur kurz und sie geht dran.

„Hallo? Matt? Hast du mit ihr gesprochen?" Das ist sie. Das ist Kim. Meine Schwester. Sie hört sich so erwachsen an. Mir kommen die Tränen und ich bin am überlegen wieder aufzulegen.

„Joleen? Bist du es?"

Ich kann nicht mehr sprechen. Es kommt kein Wort raus. Ihre Stimme erinnert mich an so viele negative Dinge in meinem Leben. Einatmen, ausatmen.

„Ja, ich bin's", antworte ich kurz und knapp."

„Joleen. Du bist es wirklich. Ich fasse es nicht." Ich höre, dass sie anfängt, zu weinen.

„Was willst du von mir?", frage ich sie kühl.
Ich schaffe es nicht netter mit ihr zu sprechen.
Mein Körper kann nicht anders. Alles in mir
wehrt sich.

„Danke. Danke, dass du mich angerufen hast.
Ich dachte eigentlich, dass du es nicht tust."
„Warum sollte ich dich auch anrufen? Du hast
mich im Stich gelassen. Du hast mich einfach
im Stich gelassen. Was willst du von mir? Du
sollst mich in Ruhe lassen." Meine Stimme
wird zittrig und ich versuche mich
zusammenzureißen, damit sie den Schmerz
nicht hört, den ich spüre.

„Es tut mir so leid. Ich kann es nie wieder gut
machen. Es tut mir so unfassbar leid", sie
atmet tief ein und aus," aber ich möchte dir
erzählen, was damals passiert ist. Wenn ich
zurückblicke, bereue ich alles. Ich möchte es
dir erklären. Vielleicht verstehst du es,
vielleicht auch nicht. Ich weiß es nicht. Ich
muss es aber versuchen."

Will ich es überhaupt wissen? Alles in mir schreit nein. Mein Körper fängt an zu jucken und ich werde unruhig.

„Ich gebe dir fünf Minuten, Kim."

„Danke, Joleen. Es fällt mir total schwer und ich weiß nicht, wo ich anfangen soll. Es macht mich fertig. Ich habe dich im Stich gelassen. Ich weiß das."

Mir kommen die Tränen, aber ich höre weiter zu. „Damals als ich abhauen wollte von zu Hause wollte ich dich eigentlich mitnehmen. Ich hatte genug Geld und zwei gepackte Taschen. Eine für dich und eine für mich. Ich war bereit dich mitzunehmen. Ich wollte dich nie alleine lassen. Ich liebe dich von ganzem Herzen. Ich wollte dir ein gutes Leben ermöglichen. Ich wollte weg und dir eine Zukunft schenken."

Ich möchte schreien, aber ich kann nicht. Meine Stimmbänder sind trocken. Ich möchte

schlucken, aber ich weiß nicht mehr, wie das
funktioniert.

„Joleen. Unsere Mutter hat mitbekommen,
dass ich abhauen möchte. Sie hat es irgendwie
herausgefunden. Sie hat die Koffer gesehen
und durch die Wohnung geschmissen. Sie hat
die Kleidung zerrissen und das Geld
eingesteckt. Sie hat mir gedroht. Sie war an
dem Tag total betrunken und hat sich ein
Messer geschnappt. Ich konnte sie nicht ernst
nehmen, weil ich wusste, wie sie ist, aber sie
klang an dem Tag anders. Ich hatte Angst vor
ihr. Sie hat mir gesagt, ich soll abhauen. Ich
soll gehen, aber ohne dich. Sie möchte so
einen Abschaum wie mich nicht in ihrer Nähe
haben. Mich hat sie noch nie gemocht. Wen
mochte sie überhaupt? Ihren Alkohol.
Natürlich.

Sie meinte aber, wenn ich dich mitnehme,
dann werde ich nicht mehr so aussehen, wie
ich aussehe.“

Unsere Mutter hat ihr gedroht? Irgendwie ergibt alles Sinn, wenn ich zurückdenke.

„Ihre Drogenfreunde hatten alle ein Auge auf mich geworfen. Sie hat mir gedroht, dass sie mir weh tun werden. Sie hat mir gesagt, es wäre ihr egal, wenn ich sterbe. Ich hatte Angst. Ich hatte richtig Angst, Joleen. So schwer es mir gefallen ist, ich musste abhauen. Allein. Ich musste gehen. Ich wollte nicht, dass sie das Gleiche bei dir abzieht. Ich hatte nichts. Kein Geld, keine Kleidung, kein Essen. Ich habe auf Parkbänken geschlafen und hatte monatelang kein zu Hause.“

Wieso das alles? Wieso wollte Mama mich da behalten?

„Drei Monate nach dem Verschwinden bin ich nochmal zurückgekommen. Ich habe dich beobachtet. Du warst draußen und hast gelesen. Ich wollte dir zurufen, dass du zu mir kommen sollst, aber die Drogenfreunde waren schneller. Ich weiß nicht, wieso die wussten,

dass ich da war. Sie zerrten mich hinter einen Müllcontainer und prügelten einfach auf mich ein. Die haben mich überall getroffen. Der Schmerz war überall zu spüren. Ich dachte, ich sterbe hinter diesem Müllcontainer. Ich habe die Augen geschlossen und bin gegangen."
Wie bitte?
„Ich konnte dich nicht holen. Ich hatte Angst."
Ich muss das alles verdauen.
„Joleen, ich wollte dich nicht verlassen, aber die Angst war irgendwann größer als die Hoffnung an dich ranzukommen. Wenn ich zurückblicke, bereue ich es. Ich hätte was tun können, ich hätte zur Polizei gehen müssen, aber damals konnte ich es nicht."
„Ich wohne schon lange nicht mehr bei Mom. Wieso hast du es nicht versucht, als ich ausgezogen bin?", schreie ich in den Hörer.
„Ich konnte nicht. Ich habe dich beobachtet und haben gesehen, dass du mit einer Freundin zusammenlebst und sogar einen Job hast. Du

sahst glücklich aus. Es sah aus, als ob du den richtigen Weg gefunden hast. Ich wollte nach dem Ganzen nicht in dein Leben reinplatzen und Erinnerungen wecken. Ich wollte, dass du glücklich bist."

Ich glaube, ich muss das alles erstmal verdauen. Ich kann ihr nicht einfach verzeihen.

„Warum hat Mom mir nicht gedroht? Warum wollte sie mich dabehalten?"

„Ich kann es dir nicht sagen, aber ich vermute, sie hat Geld vom Staat bekommen. Du warst ihre einzige Geldquelle. Sie hat alles getan, um an Geld ranzukommen. Du weißt das. Und dich daheim zu haben war die einfachste Methode."

Wow. Das tut weh. Ich weiß, dass Mom uns nie geliebt hat, aber es so zu hören, tut einfach weh.

„Wo wohnst du jetzt?", frage ich sie.

„Ich wohne in einer kleinen Wohnung. Wir wohnen in einer kleinen Wohnung. Wir wohnen nicht mehr in Oxford. Ich wollte weg von dort. Wir wohnen in einem kleinen Dorf ungefähr 200 km von Oxford entfernt. Mit Wir meine ich mich und meine Tochter. Ja, ich habe eine Tochter. Sie ist zwei Jahre alt. Das sind bestimmt sehr viele Informationen für dich."

Ich bin Tante?

„Der Vater hat mich verlassen und jetzt lebe ich mit meiner kleinen süßen Maus alleine. Ich erzähle ihr jeden Tag von dir. Ich will, dass sie weiß, dass es noch jemanden gibt in meinem Leben."

Das ist zu viel für mich.

„Kim… ich kann das gerade nicht. Ich muss nachdenken. Ich brauche Zeit."

Ich brauche Ruhe.

„Okay. Ich verstehe das. Danke fürs Zuhören. Ich vermisse dich. Du darfst frei entscheiden, ob du mir noch eine Chance gibst oder nicht. Wenn du mir sagst, du willst nichts mit mir zu tun haben, lasse ich dich in Ruhe und gebe dir den Freiraum.“

Ich lege einfach auf, ohne mich zu verabschieden. Ich glaube, ich habe sie mitten im Satz unterbrochen.

Mit dem, was sie mir erzählt hat, sehe ich die Dinge ganz anders. Oder doch nicht? Ich weiß nicht, was ich denken soll. Ich dachte immer, sie ist aus egoistischen Gründen weg, aber sie wollte, dass es mir gut geht. Sie hat gelitten, weil sie mir helfen wollte. Sie liebt mich.

Ich gehe zur Schlafzimmertür und öffne die sie. Matt springt direkt auf und nimmt mich in den Arm.

„Und?“, fragt er mich und ich brauche einen Moment, um meine Gedanken zu sortieren.

„Ich weiß nicht. Ich muss das sacken lassen.“

„Verstehe ich. Komm, wir legen uns hin.“

„Danke Matt, dass du das getan hast. Ich bin mir noch nicht sicher, aber ich glaube, das war die richtige Entscheidung.

Kapitel 39

Die ganze Nacht lag ich wach und habe mich gefragt, was ich tun soll, und ich bin zu dem Entschluss gekommen, dass ich ihr glaube. Ich versuche ihr zu verzeihen. Ich muss es versuchen. Warum sollte ich es nicht tun? Ich hätte an ihrer Stelle auch so reagiert. Sie hatte Angst und ich weiß am Besten, wie es ist Angst zu haben. Es ist scheiße. Man fühlt sich hilflos und allein.

Matt hat mich mit dem Anruf sehr überrumpelt, aber anders hätte ich bestimmt nein gesagt. Hätte ich gewusst, dass er sie sucht, hätte ich es nicht zugelassen. Ich hätte mich gewehrt. Ich weiß, dass er nur das Beste für mich will und ich habe Vertrauen, dass er weiß, was das Beste für mich ist. Er hat sie gesucht, weil er will, dass ich an meiner Vergangenheit arbeite. An den Gedanken meiner Vergangenheit arbeite und meine Psyche sich bessert.

Oh nein! In der ganzen Situation habe ich vergessen, dass ich heiraten werde. Direkt kommt die Freude wieder zum Vorschein und ich muss lächeln.

„Matt? Kannst du mal kommen, bitte".

Ich sehe, wie er seine Sachen in der Küche abstellt und zu mir kommt.

„Was liegt dir auf dem Herzen, meine Hübsche?"

„Ich glaube, ich möchte Kim noch eine Chance geben. Wenn das stimmt, was sie mir erzählt, dann kann ich das alles etwas nachvollziehen."

Ich schaue ihn an und warte auf seine Antwort.

Er streift mir eine Strähne aus dem Gesicht und küsst mich.

„Ich bin so stolz auf dich, dass du das machst. Es ist verdammt mutig diesen Schritt zu gehen."

Da hat er recht. Es kostet mich sehr viel Überwindung und Mut.

„Darf ich sie anrufen?", frage ich ihn und er gibt mir direkt sein Handy.

„Klar! Soll ich weggehen?"

„Nein, nein, schon gut. Bleib ruhig hier."

Dieses Mal drücke ich schneller auf den Namen und freue mich, es ihr zu sagen.

„Ja, Hallo?"

Okay, na dann los.

„Hey, ich bin's. Ich wollte dich nochmal sprechen."

„Joleen? Ist alles okay? Hast du alles gut aufgenommen? Es tut mir leid, dass ich dich so überrumpelt habe."

Na ja, was heißt gut aufgenommen. Es waren viele Informationen auf einmal, aber ich konnte es gut aufnehmen. Was sehr unerwartet war.

„Ich habe lange nachgedacht.

Kim… Ich möchte dir noch eine Chance geben.“

Es ist ruhig am anderen Ende des Hörers.

„Kim?“

„Ja, ich bin dran. Ich kann es gerade nicht glauben. Ich… ich…“, sie fängt an zu weinen. Mir kommen auch die Tränen.

„Ich möchte dich sehen, Joleen. Darf ich dich sehen?“

„Ich gebe dir eine Chance, aber wenn irgendetwas vorfällt, was mich an damals erinnert oder du mich wieder im Stich lässt, hast du für immer bei mir verloren.“ Sie atmet tief aus.

„Niemals, niemals würde ich dir wieder so weh tun“, ich höre die Freude in ihrer Stimme.

„Also, da ist noch was. Ich heirate in ein paar Tagen. Ich wollte fragen, ob du vielleicht auch kommen möchtest?“

Matt reißt seine Augen auf und starrt mich an. „Willst du das wirklich?“, flüstert er mir zu, aber ich kann ihm nicht antworten, weil ich Kim zuhöre.

„Eh ja. Ja! Ich komme. Ich organisiere einen Babysitter, damit das nicht zu viel wird. Ich werde zu deiner Hochzeit kommen.“

Ich fasse es nicht, dass ich sie wirklich eingeladen habe, aber es hat sich richtig angefühlt. Sie ist meine Schwester.

„Wieso denn einen Babysitter? Ich will doch meine Nichte kennenlernen. Oder meinen Neffen.“

Ich muss kurz lachen, weil ich ja gar nicht weiß, ob es ein Mädchen oder ein Junge ist. Ich bin mir aber sicher, dass sie mir das Geschlecht schon verraten hatte. Ich muss es

wohl vergessen haben. Ist ja auch normal bei
so einem Stress.

„Wenn du es so möchtest, Joleen. Sie wird
sich freuen", lacht Kim in den Hörer und ich
höre die Erleichterung in ihrer Stimme.

„Gut. Ich schicke dir alles zu. Ich freue mich."
Ich lege auf und schaue Matt an.

„Willst du das, Joleen?"
Ich verstehe, weshalb er so geschockt ist.

„Es hört sich verrückt an, aber ich will sie
dabei haben Matt. Ich werde es bereuen, wenn
sie nicht dabei ist. Ist das okay für dich?"

„Na klar. Solange es wirklich okay für dich ist.
Ich möchte, dass du dich wohlfühlst und den
Abend genießen kannst."

Er ist so süß.

„Ja, ich werde zwar sehr nervös sein, aber es
ist das Beste."

Matt springt auf und schreit laut los.

„Wir werden heirateeeeen." Er macht Musik
an und fängt an zu tanzen. Ich kenne das ja

schon, deshalb stehe ich auf und tanze
natürlich mit. Langsam wird es zu einer
Tradition bei uns zu tanzen, wenn wir
glücklich sind.

Kapitel 40

Der Tag ist gekommen, an dem Matt mich alleine lässt. Er muss heute nach New York fliegen und ich sehe ihn erst an der Hochzeit wieder. Er hat seine Koffer schon fertig gepackt und stellt sie an die Haustür. Ich freue mich für ihn und über diesen großen Auftrag, aber ich brauche ihn die Tage vor der Hochzeit hier. Ich kann es ihm aber nicht sagen, sonst hat er ein schlechtes Gewissen und das möchte ich nicht.

„So, alles gepackt", er schaut mich an, „können wir uns nochmal zehn Minuten hinlegen und uns im Arm halten?"

Du darfst mich immer in den Arm nehmen,
Matt.

„Aber sowas von."

Wir gehen ins Wohnzimmer und legen uns auf
die Couch. Wir legen uns auf die Seite und er
hält mich von hinten im Arm. In dieser
Position fühle ich mich so sicher, dass mir
nicht mal ein Mörder was antun könnte.
Mein Matt.

„Kannst du es glauben, dass ich von New
York wieder komme und ich dann dein Mann
sein werde?"

„Nicht wirklich."

„Ich kann nicht glauben, was in den letzten
Monaten alles passiert ist. Joleen, ich liebe
dich. Von ganzem Herzen."

Ich drehe mich um, damit ich ihn angucken
kann. Ich streichle seine wunderschöne Wange
und schaue in seine eisblauen Augen.

„Ich liebe dich. Für immer."

„Joleen, mich wirst du nicht mehr los. Für immer heißt für immer. Nur du und ich."

Joleen und Matt. Für immer.

Ich drücke ihn noch einmal ganz fest und sauge den Geruch ein. Süße Vanille. Matt's Geruch. Wie sehr ich ihn liebe.

Der Moment wird durch einen Anruf unterbrochen. Ich löse mich und Matt geht dran.

„Ja, ich bin gleich da."

„Wer war das?", frage ich ihn. „Der Jet steht bereit. Ich muss los." Er nimmt meine Hände und zieht mich mit zur Haustür. Er hält mein Gesicht fest und gibt mir einen Kuss auf die Stirn.

„Ich liebe dich."

Ich gebe ihm einen Kuss und öffne die Tür.

„Guten Flug, mein Schatz. Schreib mir, wenn du gelandet bist. Ich liebe dich noch viel mehr."

Er steht im Flur und winkt mir zu.

„Niemals" schreit er in meine Richtung und
ich schließe verliebt die Tür.

Kapitel 41

Morgen ist die Hochzeit und Nora ist heute früh angekommen. Wir liegen seit Stunden im Bett und quatschen über alles und jeden. Leon ist im Wohnzimmer und schaut Fernseher.

„Darf ich eigentlich dein Kleid schon sehen?", fragt Nora mich und ich nicke, ohne aufzuhören. Auf diese Frage habe ich schon gewartet.

„Mach die Augen zu. Ich ziehe es schnell an!" Ich hole das Kleid von dem Kleiderständer runter und öffne die schwarze Schutzfolie. Es ist schöner als ich es in Erinnerung hatte.

Ich gebe mir Mühe, es wieder mal alleine anzuziehen und schaffe es dieses Mal schneller.

„Augen auf", sage ich zu Nora und sie wartet natürlich keine Sekunde und öffnet die Augen.

„Du siehst aus wie eine Prinzessin. Es ist wunderschön. Matt wird sich noch einmal in dich verlieben, wenn er dich so sieht."

Ich lache vor Freude und betrachte mich im Spiegel. Ich bin eine echt schöne Braut.

Das hätte ich niemals über mich sagen können, aber dank Matt kann ich es.

Mein Handy klingelt und Nora hält es mir hin. Matt ruft an.

„Hey, meine Hübsche. Ich bin jetzt auf dem Weg zum Flughafen. In ungefähr neun Stunden sollte ich landen. Ich freue mich sehr auf dich."

„Wird auch Zeit, dass du nach Hause kommst. Ich vermisse dich. Ich freue mich auf den Tag morgen. Pass auf dich auf. Ich liebe dich."

„Mache ich und du auch auf dich! Bis gleich, mein Schatz." Er küsst den Hörer und legt auf. Ich schmeiße mein Handy auf das Bett und betrachte weiter das Kleid.

„Ich bin überglücklich, dass du Matt hast. Du hast es verdient!"

„Danke, Nora." Ich ziehe das Kleid aus und lege mich zu ihr aufs Bett. Sie nimmt mich in den Arm und streichelt meinen Kopf.

„Hast du Angst vor dem Treffen mit deiner Schwester?", fragt sie mich. Ich glaube nicht.

„Irgendwie freue ich mich."

„Gut! Ich bin auch gespannt, sie kennenzulernen."

Ich höre Schritte im Wohnzimmer. Leon steht in der Tür.

„Habt ihr keinen Hunger? Ich wäre dafür, dass wir mal, was zu Essen bestellen", sagt er und Nora und ich müssen lachen. Er hat recht. Wir müssen mal etwas essen.

Satt und müde machen wir uns alle fertig fürs Bett.

„Wir brauchen genug Schlaf. Besonders du Joleen", sagt Nora mir führsorglich. „Eine müde Braut ist eine anstrengende Braut. Also hop hop, ab ins Bettchen."

„Ist ja gut", lache ich über ihre Aussage. „Gute Nacht Nora und gute Nacht Leon", rufe ich ihm ins Wohnzimmer. Keine Antwort. Er schläft bestimmt schon. Nora und ich können anstrengend sein, wenn man den ganzen Tag mit uns verbringen muss. Ich würde an seiner Stelle auch einfach einschlafen.

Ich ziehe die Gardinen zu und mache ein kleines Licht an. Wenn Matt weg ist, kann ich nicht ohne Licht schlafen. Auch wenn ich schon erwachsen bin. Ich habe das Brautkleid ans Bettende gestellt, damit ich es beim Einschlafen anschauen kann. Ich schlafe als die glücklichste Frau der Welt ein.

Ob ich auch so aufwache?

Leider nicht.

Kapitel 42

Ich reiße meine Augen auf. Ich bin im Zimmer. Das Kleid hängt vor mir, das Licht ist an, aber irgendetwas fühlt sich komisch an.

Mein Herz schlägt ganz schnell.

Es klopft an meiner Schlafzimmertür.

Nora?

„Ja, was ist denn", rufe ich und stehe auf.

Ich öffne die Tür und die Polizei steht vor mir.

Die Polizei und ein Sanitäter?

Was zur Hölle ist hier los?

Der erste Gedanke, der mir in den Kopf kommt, ist „Geht es Matt gut?"

„Wo ist er? Wo ist Matt?" Ich schreie diese Fragen, aber bekomme keine Antwort.

„WO IST ER?" Ich schreie lauter, aber ich höre nichts mehr. Ich sehe, dass die Lippen von den Polizisten sich bewegen, aber ich höre nichts. Ich sehe Nora hinter dem Sanitäter auf dem Boden sitzen und weinen. Ich versuche noch mal zu schreien, aber es kommt nichts mehr raus. Ich breche zusammen. Ich sehe nichts mehr.

Alles schwarz.

Alles leise.

Ich spüre nichts.

Ich denke an nichts.

Kapitel 43

Ich bin müde. Ich versuche meine Augen zu öffnen, aber meine Augen fallen wieder zu.

Es ist zu hell.

Wo ist Matt?

Ich brauche ihn.

Ich öffne die Augen und sehe, dass Nora neben mir auf einem Stuhl sitzt.

„Nora? Wo bin ich?"

„Du bist im Krankenhaus, Joleen. Du bist zusammengebrochen."

Wir schweigen beide. Ich schaue sie an und muss sie schon wieder fragen.

„Wo ist Matt? Er macht sich bestimmt Sorgen."

Nora schweigt. Ihr laufen Tränen über die Wange.

„Joleen… Matt's Flugzeug ist verschwunden. Es ist nicht mehr auf dem Radar gewesen. Es war plötzlich weg. Es wird befürchtet, dass es über dem Meer abgestürzt ist."

Was hat sie gesagt? Nein. Sowas ist nicht möglich. Mein Puls schlägt schneller und ich höre die Geräte, an die ich angeschlossen bin, piepsen.

„Joleen. Es tut mir so leid."

Nein.

Matt lebt. Er lebt.

„Das ist nicht wahr, Nora. Bitte sag mir, dass das nicht wahr ist. Ich will in die Scheune fahren. Er wartet bestimmt schon auf mich.

Mein Matt. Er warte auf mich in der Scheune. Ich muss zur Scheune! Jetzt sofort!"

Ich schließe mich von den Geräten ab und stehe auf.

„Ich werde jetzt heiraten. Ich muss mich fertig machen. Ich heirate meine große Liebe. Meine zweite Hälfte. Ich darf nicht zu spät kommen.“

„Joleen. Hör auf. Matt wartet nicht auf dich… Er ist weg.“

„Halt die verdammte Klappe, Nora. Das kann mir keiner versauen. Ich war doch so glücklich. Wieso will man mir mein Glück nehmen? Ich träume bestimmt nur.“ Ich laufe hektisch hin und her. Die Ärzte kommen rein und sehen, dass ich nicht mehr an den Geräten bin.

„Frau Johnson, bitte setzen sie sich.“

Ich drehe mich zum Mülleimer und muss mich übergeben. Ich würge und würge und kann nicht aufhören. Es kommt nichts mehr raus, aber ich würge weiter.

Matt ist weg.

Die lügen alle.

Matt lässt mich nicht alleine. Er hat es mir versprochen. Er hat gesagt, er bleibt bei mir.

Die Ärzte packen mich und legen mich aufs Bett. Mein Blick fällt zu Nora und dann schlafe ich ein.

Kapitel 44

Die Reste vom Flugzeugwrack wurden geborgen. Keine Überlebenden.

Matt wurde für tot erklärt.

Mein Matt.

Er ist tot.

Keiner mehr, der mich so liebt wie er. Keiner mehr, der mich so anschaut, wie er. Mein sicherer Hafen ist weg.

Für immer.

Drei Monate später

Kapitel 45

Matt´s Beerdigung ist klein. Es werden nicht viele Leute kommen. Trotzdem möchte ich Matt ein letztes Mal allein sehen. In der Kirche steht symbolisch ein Sarg. Ein leerer Sarg, weil es von Matt keine Spur gibt.

Ich gehe in die Kirche rein und stoppe vor dem Sarg. Da steht ein Bild von Matt.

Mein Matt.

Ich atme ein und gehe weiter.

Ich setze mich neben den Sarg und lege meine Stirn an ihm ab. Mit einer Hand halte ich den Anhänger mit dem Fingerabdruck fest.

„Wenn du die Kette trägst, bin ich bei dir, meine Hübsche.“

„Matt…wie konntest du einfach gehen. Ich brauche dich doch. Du und ich für immer. Für immer." Ich flüstere in Richtung Sarg und habe die Augen zu. Mir laufen keine Tränen mehr über die Wange, weil ich keine mehr habe. Ich bin leer.

„Wie gerne ich dich geheiratet hätte. Wie gerne ich den Weg zum Altar gelaufen wäre. Ich wollte deine Reaktion zu meinem Kleid sehen. Ich wollte dich im Anzug sehen. Meinen Matt im Anzug. Ich habe dich so geliebt im Anzug.

Ich wollte dich beim Hochzeitstanz in den Arm nehmen. Feste in den Arm nehmen, dass ich deinen Geruch in meiner Nase habe.

Ich werde nie wieder an dir riechen können, Matt. Ich werde dir nie wieder sagen können, wie sehr ich dich liebe. Wie sehr ich dich brauche.

Ich werde dir nie sagen können, dass ich ohne dich ein Nichts gewesen wäre.

Matt… es tut so weh. Es tut so unfassbar weh, dass ich nicht laufen kann. Mein ganzer Körper schmerzt.

Mein Herz wurde rausgerissen. Wie soll ich ohne dich weiterleben können? Matt, ich brauche dich. Ich will mit dir durchs Wohnzimmer tanzen. Ich will mit dir lachen. Ich will mit dir weinen. Ich will einfach nur, dass du hier bist. Die letzten Monate waren hart. Ich habe jeden Tag gehofft, dass man dich findet. Jeden Tag.

Matt, du warst mein Leben und jetzt bist du weg. Wie konntest du mir das antun. Du wolltest mir nicht weh tun. Du hast es mir versprochen, aber du hast mir weh getan. Ich habe das Gefühl, ich bin mit dir gestorben. Ich bin nicht mehr ich selbst. Wir hatten Träume, wir hatten Ziele. Es hat sich alles in Luft aufgelöst.

Matt, ich wollte dich überraschen. Ich wollte dir was sagen, was dich zum glücklichsten

Mann der Welt gemacht hätte. Ich habe ein Geschenk für dich." Ich hole ein Bild aus meiner Jackentasche und lege es auf den Sarg. Es ist ein Ultraschallbild.

„Matt, wir werden Eltern."

Ich höre auf zu sprechen.

Ich muss atmen.

Mein Herz rast und mir wird schlecht.

Ich streichle mir über den Bauch. Matt hat mir was zurückgelassen und es ist in mir. Ein Teil von Matt.

Ich höre, wie die Tür hinter mir aufgeht. Ich richte mich auf und drehe mich zur Tür.

Kim.

Meine Schwester.

Ich gehe auf sie zu und breche weinend in ihren Armen zusammen. Ich weine und weine und kann nicht aufhören. Ich frage mich, wo die Tränen herkommen.

Sechs Jahre später

Kapitel 46

Wo kann er sein? Seit 10 Minuten laufe ich planlos durch das Feld und habe keinen blassen Schimmer, wo er sein könnte. Ich muss mir mehr Mühe geben, so schwer kann es doch nicht sein.

Wenn ich die ganzen reifen Pfirsich-Bäume sehe, bekomme ich Hunger. Vielleicht mache ich heute Abend noch frischen Pfirsich-Kompott oder ich lese endlich mal mein neues Buch, wenn er schläft. Sonst komme ich gar nicht mehr dazu.

Hätte man mir vor sechs Jahren gesagt, dass ich heute auf einer kleinen Pfirsich-Farm in Australien arbeite und in einer kleinen Hütte am Feldrand wohne, hätte ich Hunderte von

Dollar verwettet, dass das glatt gelogen ist. Na ja, aber hier bin ich. In Australien auf einer Pfirsich-Farm und suche ihn. Wenn man nicht auf die Zeit achtet, verfliegt sie immer so schnell.

16:47 Uhr. Mist, nicht dass der Auflauf im Ofen verbrennt.

Wo zur Hölle ist er bloß?

Ich pflücke mir auf der Suche noch schnell einen Pfirsich und beiße voller Freude rein. Saftig, süß und ein bisschen warm von der Sonne. Ein Pfirsich reicht aber nicht aus, um meinen Hunger zu stillen.

„Was machst du da?“ Ich lasse vor Schreck meinen leckeren Pfirsich fallen. „Isst du etwa schon? Hast du den Auflauf schon vergessen? Man, und ich halte mich die ganze Zeit zurück und esse nichts. Du hast ganz schön lange gebraucht, wo warst du? Na ja, egal, los jetzt, auf zur Hütte. Ich habe großen Hunger.“

Ich fasse es nicht. Ich suche Matty seit 12 Minuten und ICH werde angemeckert, dass ER Hunger hat. Typisch. Aber genau das liebe ich so sehr an ihm. Er ist einfach besonders. Er ist wie sein Vater. Er sorgt dafür, dass ich jeden Tag mit Freude leben kann und nicht an die schlimmste Zeit meines Lebens zurückdenken muss. Obwohl ich leider zu oft an diese Zeit zurückdenke. Es verfolgt mich hauptsächlich in meinen Träumen oder wenn ich allein bin. Ich muss anscheinend auch absichtlich an diese Zeit denken, hat mein Psychiater gesagt. „Frau Johnson, es ist völlig in Ordnung an diese Zeit zurückzudenken und es ist auch sehr wichtig für ihre Genesung. Verbieten sie nicht ihrem Kopf an negative Ereignisse zu denken. Lassen sie sich Zeit. Sowas kann mehrere Jahre dauern." So oder so ähnlich bekomme ich es jede Woche zu hören. Trotzdem möchte ich nicht mehr so oft daran denken müssen. Aber wie bringt man einem

Menschen bei, den Tod seiner Liebe zu verarbeiten? Wie lernt man etwas zu vergessen oder zu verdrängen, was dich dein ganzes Leben lang leiden lässt? Den Schmerz spüre ich immer noch genau wie damals. Auch wenn der Kopf es verdrängt, zieht sich der Körper mehrmals am Tag vor Schmerz zusammen. Und das nach Jahren noch. Der Schmerz war nie weg. Matt bleibt für immer in mir. Ich halte die Kette mit einer Hand fest und schaue in den Himmel.

„Ich liebe dich", flüstere ich hoch und schließe die Augen.

„Mamaaaaaa, komm jetzt endlich", ruft Matty mich.

Ich sehe ihn schon ungeduldig an der Hüttentür stehen. Ich muss mich beeilen, sonst verbrennt gleich noch die schöne Hütte bei unserem Versuch einen Nudelauflauf zu backen. Ich bin nicht die beste Köchin. Mein knurrender Magen dankt mir, wenn ich endlich

Nahrung zu mir nehme. Egal wie sie schmeckt.

„Mama? Gehen wir später zu Papa? Ich habe ein Bild für ihn gemalt. Ich würde es ihm gerne zeigen.“

Er zeigt mir das Bild, auf dem ich mit ihm zu sehen bin. Matt sitzt auf einer Wolke und schaut uns zu. „Ja klar, nach dem Essen gehen wir zu ihm. Wir können ihm auch ein bisschen Auflauf mitbringen. Das ist sein Lieblingsessen.“

Hinter unserem Haus an einem großen Kirschbaum, haben wir ein Kreuz hingestellt mit einem Foto von Matt. Wir gehen dorthin und Matty legt das Bild ab. Er erzählt Matt von seinem Tag und ich höre ihm dabei zu.

„So, und jetzt ab ins Bett. Geh schon mal deine Zähne putzen. Ich komme gleich nach. Tante Kim ruft gleich noch kurz an. Du kannst ihr noch mal Hallo sagen.“ Augenrollend geht

Matty zum Haus und ich setzte mich neben das Kreuz.

„Hey mein Schatz. Ich vermisse dich. Jeden Tag." Ich streichle das Kreuz mit einer Hand. „Ich sag dir was, du wärst so stolz auf mich, wenn du wüsstest, dass wir in Australien sind und auf einer Pfirsich-Farm arbeiten. Ich bin sogar geflogen. In einem Flugzeug. Ohne dich hätte ich das niemals geschafft." Ich streichle das Kreuz an und mir läuft eine Träne über die Wange. „Danke, dass du mich zu der gemacht hast, die ich bin. Wenn ich dich nicht gehabt hätte, wäre ich nicht hier. Du hast mir Matty geschenkt. Ich wünschte, du könntest ihn sehen. Du würdest ihn lieben.

Ich bin eine starke Mom. So wie du mein sicherer Hafen warst, bin ich jetzt Mattys sicherer Hafen. So ich muss ins Haus, sonst macht Matty noch Unfug." Ich gebe dem Kreuz einen Kuss und lege eine Dose mit Nudelauflauf vor das Kreuz.

„Grüß Nick von mir. Wir sehen uns morgen wieder.

Ich liebe dich über alles, mein Schatz." Ich stehe auf und gehe zurück zum Haus. Ich gehe ins Wohnzimmer und höre laute Musik. Matty tanzt wild durch die Zimmer. Genau wie sein Vater. Ich muss lachen und tanze natürlich mit. Ich schaue ihn mir an und weiß, dass er meine Zukunft ist. Eine Zukunft auf die ich mich freuen kann. Mir wurde das Leben wieder geschenkt und noch nicht weggenommen. Deshalb muss ich es genießen.

Ende…